국역 덕봉집

德峰集

조선대학교 고전연구원 국역총서 1

| 일러두기 |

1. 이 국역본은 2011년에 조선대학교 고전연구원에서 편찬한 『덕봉집(德峰集)』을 대본으로
   삼았다.
2. 번역문의 해당 원문을 찾아보기 편리하도록 권말에 원문 전체를 첨부하였다.
3. 내용이 간단한 역주는 간주(間註)로, 긴 역주는 각주(脚註)로 처리하였다.
4. 한자는 필요한 경우 이해를 돕기 위해 넣었으며, 운문(韻文)은 원문을 병기하였다.
5. 맞춤법과 띄어쓰기는 한글 맞춤법과 표준어 규정을 따르는 것을 원칙으로 하였다.
6. 이 책에서 사용한 부호는 다음과 같다.
   ( ) : 번역문과 음이 같은 한자를 묶는다.
   〔 〕 : 번역문과 뜻은 같으나 음이 다른 한자를 묶는다.
   " " : 대화 등의 인용문을 묶는다.
   ' ' : " " 안의 재인용 도는 강조 부분을 묶는다.
   『 』 : 책명 및 각주의 전거(典據)를 묶는다.
   「 」 : 책의 편명 및 운문·산문의 제목을 묶는다.

편찬 안동교 ― 해제 문희순 ― 번역 문희순·안동교·오석환

우리 조선조의 여성문인은 제법 많았지만 송덕봉처럼 재주와 덕성을 겸비하여 무리에서 빼어난 사람은 드물었다. 덕봉은 곧 미암 유희춘 선생의 부인이다. 부인은 난초와 옥과 같은 자태로 홍주 송씨 가문에서 생장하여 문장에 능숙하였고, 미암에게 시집가서는 부부가 잘 화합하여 마치 비파와 거문고를 타는 듯했으며, 사랑하는 마음과 경계하는 뜻이 흔히 시문 사이에 넘쳐 흘렀다.

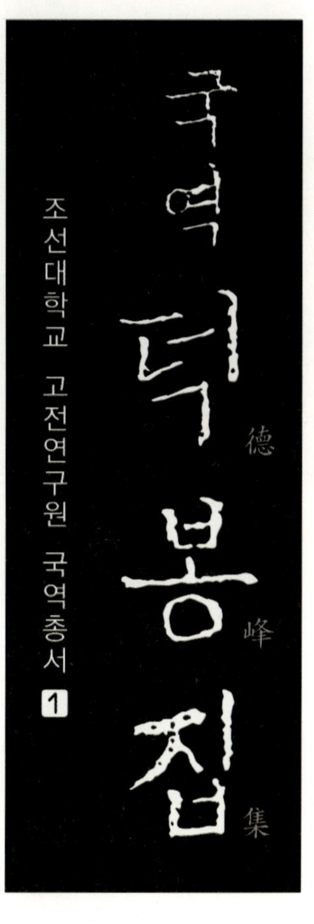

심미안

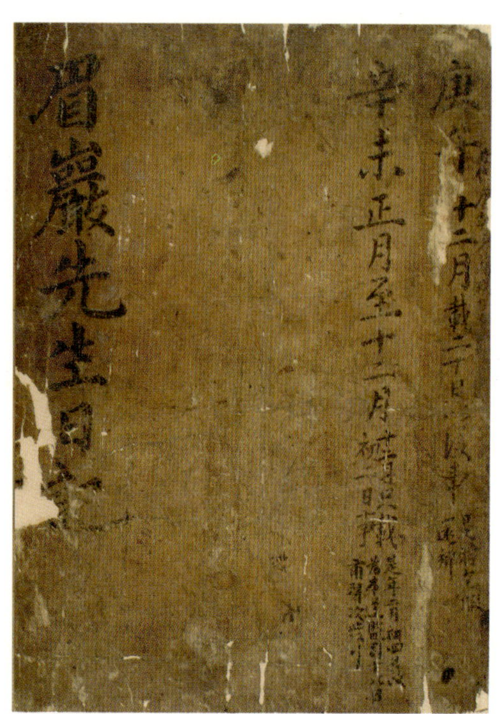

미암일기

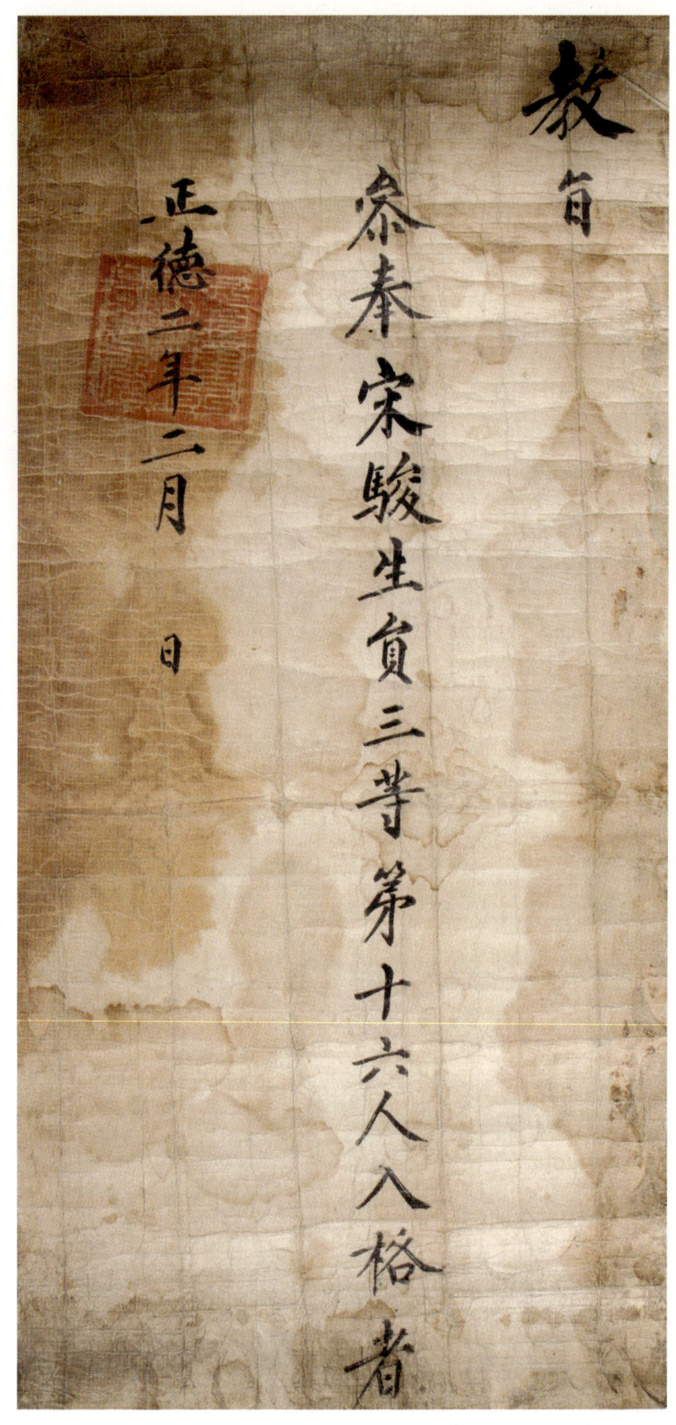

덕봉 친정아버지 송준(宋駿)의 생원 교지

덕봉부부 묘소

미암 사당

발간사

인간은 빈부귀천을 떠나 하늘로부터 인의예지의 도덕적 본성을 부여받았습니다. 이 점에 대해서는 남자와 여자의 구별이 없습니다. 그래서 유교철학의 고전 『중용中庸』은 하늘이 명령한 바가 성性이라는 '천명지위성天命之謂性'으로 시작합니다. 즉 '천부인성보편설天賦人性普遍說'로 유자에게는 하나의 원칙이며 신념이었습니다. 이는 『소학小學』을 보급하고 '향약鄕約'을 실시하게 된 철학적 근거이기도 합니다.

조선시대 학인유자들은 여성교육에도 소홀하지 않았습니다. 실제 조선여성의 교양 수준은 상당하여 시문을 남긴 여류문사가 생각보다 많았습니다. 이들의 저술에 관심을 쏟아 속히 문집으로 묶었다면 훨씬 많은 작품들이 전해졌을 것입니다.

조선중기 홍주송씨洪州宋氏 가문의 송덕봉宋德峰, 1521~1578은 '총민하고 경서를 섭렵한 여사女士'로 이름이 높았습니다. 50세 되던 1571년에는 자신의 시를 묶은 필사본 문집을 부군에게서 선물로 받았습니다. 가장 이른 시기에 개인 문집을 가진 여류문사라고 생각되는데, 불행하게도 간행되기 전에 분실되었습니다. 덕봉은 '규원閨怨' 같은 여성 특유의 감정을 읊지 않았으며, 오히려 시문을 일상의 덕목을 소망하고 가족과의 대화 수단으로 여긴 듯합니다. 이는 성리학적 문학관인 '문장재도론文章載道論'에 가깝다고 생각됩니다. 부군을 찾아가며 지었던 「마천령상음磨天嶺上吟」은 유교적 윤리의식을 강렬하게 표현한 좋은 본보기가 될 것입니다.

덕봉의 부군은 문명도덕과 학술정치에 많은 업적을 남긴 미암眉巖 유희춘柳希春, 1513~1577입니다. 미암이 을사사화에 연루되어 함경도 종성에서 19년 동안 유배를 살 때에, 덕봉은 시모의 장례와 삼년상, 자녀의 교육과 혼사를 치르고 노비 관리와 살림을 책임졌습니다. 그러면서 성현의 가르침을 새기며 삼강오륜을 실행하였습니다. 덕봉의 성리학은 속박의 굴레이기는커녕 자주인격과 자아실현의 무기였던 셈입니다.

미암과 덕봉은 유교적 가정家政의 동반자로 가도家道를 공성共成하였습니다. 덕봉은 미암을 '지음知音'으로 부르고 학술활동을 내조하였습니다. 미암 또한 '동료同僚'로 대우하였습니다. 미암이 풍악과 여색을 멀리한 한양생활을 알려왔을 때에 보낸 답장은 시대를 착각하게 만들 정도입니다. 요약하면 다음과 같습니다. "성현의 가르침을 아녀자를 위하여 실천하는 것이 아닐진대, 굳이 편지로 자랑하니 당신은 아마 겉으로 인의를 베푸는 척하는 폐단과 사람들이 알아주기를 서두르는 병폐가 있는 듯합니다."

작년에 안동교 박사는 덕봉의 현존 시문을 수습하여 작성연대에 맞게 편집하고, 『미암집』과 『미암일기』에서 덕봉 사실을 발췌하여 넣은 뒤, 덕봉의 「세계世系」와 「제가기술諸家記述」까지 추가하여 『덕봉집』 편찬을 마쳤습니다. 또한 문희순·오석환 박사와 함께 『덕봉집』을 분담하여 섬세하게 역주譯註하였습니다. 그리고 『덕봉집』의 서문은 순창 훈몽재訓蒙齋의 산장山長 고당 김충호 선생님이 기꺼이 써 주셨습니다. 이러한 과정을 거쳐 『덕봉집』이 국역총서의 첫 결실로 간행되니 고전연구원으로서는 더할 나위없는 다행입니다. 네 분께 무한한 경외를 올립니다.

한편 '홍주송씨 발전사업 추진위원회' 송영수 회장님은 고전연구원을 위하여 연구기금을 쾌척하며 격려해주셨습니다. 고개 숙여 감사드리며 가내와 문중의 안녕과 발전을 기원합니다.

2012년 정월 대보름에

조선대학교 고전연구원 원장 이종범 삼가 적다.

송덕봉의 생애와 문학

문희순

1. 송덕봉의 생애

송덕봉宋德峰, 1521~1578의 자는 성중成仲, 이름은 종개鍾介, 덕봉德峰은 호이다. 종개鍾介라는 이름을 가지고 있었음에도 호칭시에 호나 자를 많이 사용한 전통시대의 특징으로, 이름이 잘 알려지지 않은 채 덕봉이라는 호가 이름을 대신하여 널리 알려져 왔다.

송덕봉의 일상과 생애는 『미암일기』에서 확인할 수 있다. 『미암일기』는 송덕봉의 남편 미암 유희춘柳希春, 1513~1577의 일기이지만, 아내 송덕봉의 하루가 그대로 담겨 있다. 그것은 달리 말하면 유희춘의 삶에 송덕봉의 삶이 큰 비중을 차지하고 있다는 말이기도 하다. 미암의 일기가 더 완벽하게 전해져 내려왔다면 송덕봉의 일상과 문학작품의 규모는 지금보다 훨씬 더 방대하였을 것으로 생각된다.

송덕봉이 받은 교육 내용은 언문·천자문·숫자·삼강행실도·내훈·열녀전·효경·소학·사서·삼경·역사서·고사·작문(산문·한시) 등을 두루 망라하였을 것으로 보인다. 석주 권필(1569~1612)이 쓴 「해광공유사」에 의

하면 "자녀 교육을 매우 엄격히 하여 여자라도 열 살이 되면 반드시 『소학』·『효경』·『열녀전』을 통독하였다"는 기록이 있다. 이 기록은 홍주 송씨 가문의 여성 교육을 단적으로 보여주는 기록으로 여성도 가르쳤다는 확실한 증거이다. 송덕봉의 「착석문斲石文」이나 한시 속에서 경서와 고사를 많이 인용하고 있는데, 이는 유교 경전과 고사, 작문 수업을 받지 않고서는 불가능한 일이다. 이호민李好閔과 허성許筬의 진술에도 경서와 역사서를 두루 섭렵하였다고 평가한 바 있다.

송덕봉은 교육 받은 대로 '성현의 밝은 교화를 세우고, 삼강오륜의 도를 실천〔立聖賢明敎化, 行三綱五倫之道〕'하고자 노력하였다. 이론적으로 배운 유교적 덕목을 생활 속에서 몸으로 실천하였던 것이다. 시부모·친정부모·남편·자녀·친족·빈객·첩·서자녀·노비에 이르기까지 그녀를 둘러싸고 있는 모든 인간관계에서 최선의 지혜와 사랑을 베풀며 때로는 정신적 지주로 역할을 하였다. 친정아버지 송준宋駿은 "내가 죽은 뒤에 성심을 다해 내 묘의 곁에 비석을 세우도록 하라"는 유언을 남겼는데, 이 유언대로 석물을 만들기 위해 노심초사한 일은 그 유명한 「착석문斲石文」에 실려 있다. 남편의 부재 속에서 몸소 배운 유교적 덕목을 실천하며 친정아버지를 위해서는 묘의 비석을, 시어머니를 위해서는 장례와 삼년상을 최선을 다하여 도모하였다. 철저히 자신에게 부과된 '부덕의 실천'을 통해 가족 질서 안에서 존경과 신뢰를 받았다. 손님과 같은 남편의 부재 속에서 오롯하게 자녀교육, 치산, 노비관리, 가옥신축 등 가정경영을 도맡아 처리하였다. 그러한 성리학적 부덕의 실현이 그녀를 '구속'하였던 것이 아니라, 오히려 '당당'하게 만들었다.

송덕봉의 문학적 소양은 문학을 사랑한 집안 내력에서 영향 받은 바가 크다. 송덕봉의 외할아버지 이인형李仁亨은 「매창월가梅窓月歌」라는 가사작품을 지었는데, 정극인丁克仁의 「상춘곡賞春曲」과 더불어 조선 전기의 대표적인 은일가사로 평가된다. 송덕봉의 어머니 함안이

씨는 이러한 문학적 흥취가 있는 환경 속에서 자랐을 것이고, 어머니 함안이씨의 교육이 송덕봉의 문학적 재능에 동기 부여가 되었을 것이다. 그리고 남편 유희춘도 정자·주자의 학문을 실현하고자 노력한 도학자이면서도 많은 한시 작품과 시조「헌근가獻芹歌」를 창작하여 자신도 즐겨 부르고, 기녀들에게 가창시키기도 한 문인이었다. 송덕봉의 시문학은 이러한 혼인 전후의 인문학적 환경 속에서 자연스럽게 완성된 것으로 보여 진다. 송덕봉은 부부에게 찾아온 갈등과 시련, 때로는 자신의 삶에 맞닥뜨려진 운명을 시로 승화시키며 인생의 품위와 격을 높였다.

2. 시문학의 세계

전통시대 여성문학가들이 처한 상황과 비교해 볼 때, 16세기 여성 송덕봉은 매우 진보적인 모습을 보여 준다. 혼인 생활은 물론이고 자신의 문학 활동에 대해서도 강한 애착과 자부심을 지녔다. 송덕봉의 시문집은 1571년 3월 송덕봉 나이 51세 때 이미 『덕봉집』으로 묶여졌었다. 송덕봉은 자신의 문집을 보고 "매우 기쁘고, 더욱이 시가 영원토록 없어지지 않고 전해질 수 있게 되어 희비가 엇갈린다"고 남편 유희춘에게 무한한 감동을 표현한 바 있다. 자신이 처한 상황과 생각을 늘 정확하게 표현할 줄 알았던 능동적인 여성이었다. 현전 송덕봉의 한시 작품은 25수이다. 1571년에 묶인 『덕봉집』 이 후, 송덕봉이 졸하기 전인 임신(1572)·갑술(1574)·을해(1575)년에도 시가 창작되었음을 감안하면 아쉽게도 많은 작품이 산일된 것으로 보인다. 현재 덕봉의 시는 『미암일기초』와 『덕봉문집병미암집』, 『미암선생전집』에 수록되어 전해지고 있는데, 작품 형태는 「몽중시」 7언 2구와, 「영설연구詠雪聯句」 7언 1구를 제외하면 모두 5언과 7언의 절구시이다. 그리고 산문으로는 편지〔書〕두 편, 곧 「답미암答眉巖」과 「착석문斲石文」이 있다. 『미암일기』에 의하면 송덕봉은 남편과 수많은 편지를 주고받은 것으로 기록되어 있는데, 아쉽게도 낱장으로 전해지는 편지는 없다. 앞으로 관련 자료가 추가 발굴 된다면 송덕봉의 문학작품 규모는 더욱 온전히 복원될 수 있을 것으로 보인다. 현전 25 편의 한시는 다음과 같다.

표. <현전 송덕봉의 한시작품 일람>

번호	작품명	작품형태		번호	작품명	작품형태	
		5언 절구	7언 절구			5언 절구	7언 절구
1	和詩	○		14	戲和眉巖韻		○
2	端午與吳姊會新舍	○		15	夢中詩		2구
3	重陽日族會	○		16	和答		○
4	醉裏吟	○		17	喜新舍		○
5	次男韻	○		18	次眉巖韻		○
6	次重九小酌韻	○		19	眉巖升嘉善作		○
7	乙亥除夜	○		20	贈眉巖		○
8	與尹堉光龍小酌	○		21	醉中偶吟		○
9	卽景	○		22	次至樂吟		○
10	詠東堂贈眉巖	○		23	詠雪		○
11	贈宋震	○		24	次雪夜韻		○
12	偶吟		○	25	詠雪聯句		1구
13	磨天嶺上吟		○				

이상 한시 작품의 내용상 특징을 보면 크게 다음과 같은 몇 가지로 나누어 볼 수 있다. 첫째, 유교적 부덕의 실현이 표상화 되었다. 대표적인 시가 「마천령상음磨天嶺上吟」이다. 이 「마천령상음」 시는 역대 한시평론가들이 '성정의 바름을 얻은 시〔得性情之正〕'로 크게 평가하였다. 시어머니 최씨의 삼년상을 치르고 남편의 유배

지 종성을 찾아가면서 마천령 고개를 넘으며 쓴 시이다. 마천령은 우리나라 최북단에 있는 고개로, 바람이 세고 일기 변화가 심하여 눈, 구름, 안개, 강풍, 혹한, 폭우 등으로 연중 맑은 날을 찾아보기가 어려운 지형이다. 이 시는 국토의 남도에서 종성까지 그 길고 험난한 인고의 여정을 홀로 감행해야만 했던 복잡한 심리적 상황과, 유교적 덕목으로 재무장하여 수신해 내야만 하는 명분 사이의 절실함을 감지하게 한다. 시화 담론에 투영된 조선시대 사대부가의 여성상이라 할 수 있다. 이 점에서 부부 화락이나 자식 사랑을 읊은 적지 않은 시들을 차치하고, 이 시가 역대 시화서에서 성정론의 핵심으로 반복·거론되었던 것으로 평가할 수 있다.

둘째, 지음知音의 부부로 소통한 부부수창시와 남편을 대상으로 읊은 시가 많다. 「화시和詩」·「영동당증미암詠東堂贈眉巖」·「희화미암운戲和眉巖韻」·「화답和答」·「차미암운次眉巖韻」·「미암승가선작眉巖升嘉善作」·「증미암贈眉巖」·「차지락음次至樂吟」·「차설야운次雪夜韻」·「영설연구詠雪聯句」 등이다. 미암은 자상하고 배려심 많고, 부인과 취미바둑, 장기 등을 공유하고, 부인의 말과 행동에 전폭적으로 지지하며 힘을 실어주는 남편이었다. 부인의 판단과 충고, 노력에 대하여 "나도 그렇게 생각한다〔余然之〕", "그렇게 하겠다고 했다〔余許之〕", "그 밝은 판단이 이러하다〔其明斷如此〕", "부인의 말과 뜻이 다 좋아 탄복을 금할 수 없다〔夫人詞意俱好。不勝嘆伏〕", "나의 사려가 미칠 바가 아니다〔非吾思慮之所及也〕", "아내가 내조한 힘이다〔夫人內助之力也〕"라고 말하였다. 단순한 사랑 표현의 언어를 넘어 아내 송덕봉에 대한 깊은 신뢰와 무한 감동이 절절이 묻어나 있는 것이다. 미암이 이토록 부인에 대해 전폭적 신뢰와 감동을 표현한 심리 언저리에는 늘 짧은 만남 긴 이별을 번복하며 부인의 곁에서 부인과 가족을 지켜주지 못했던 남편으로서의 미안한 마음이 깔려 있는 점도 일정부분 작용하였을 것이다. 그러나 좀 더 근본적인 이유는 송덕봉의 지혜와 처세, 능력

등에서 기인한 것은 아닐까 생각된다. 그리고 송덕봉의 활기찬 결혼 생활은 이러한 남편이 곁에 있었기에 가능하기도 하였을 것이다.

셋째, 아들과 사위 조카 등 가족애가 표상화 되었다. 「단오여오자회신사端午與吳姊會新舍」·「중양일족회重陽日族會」·「차남운次男韻」·「증송진贈宋震」·「여윤서광룡소작與尹壻光龍小酌」·「차중구소작운次重九小酌韻」·「차운次韻」 등이다. 송덕봉의 가족들은 시회詩會를 겸하여 가족모임을 자주 한 것으로 보인다. 집을 떠나 있던 자녀나 친족들이 모이게 되었을 때, 좋은 절기에, 가족이 벼슬길에 오를 때, 가족의 생일 날, 집을 새로 짓고 나서 등 기념이 될 만한 날에 작은 잔치를 열고 유회가 무르익을 무렵 운자를 주고받으며 시를 완성하여 공유하는 격조 높은 가족문화를 형성하였다. 특히 송덕봉과 유희춘의 생일날에는 얼녀도 술과 안주를 들고 찾아와 헌수하는 등 기탄없는 적서간의 모습을 보여주기도 하였다. 관직생활로 가족 모임에 참여하기가 어려웠던 미암은 뒷날 차운시를 완성하여 보냈다. 가족 간의 무탈과 태평, 백년토록 영원히 행복하기를 기원하며 끈끈한 가족 사랑을 문학으로 공유하였던 것이다.

넷째, 잠재된 욕망이 표출되었다. 「몽중시夢中詩」가 대표적인 시이다. 송덕봉은 평상시 다양한 꿈을 많이 꾸었다. 특이한 사례는 꿈속에서 자주 임금을 만나고, 모시고, 관리가 되기도 한다는 것이다. 임금의 등에 업히고 부축을 받으며, 관리가 되어 사람을 천거하기도 하고, 형조판서가 되기도 한다. 이는 남편과 자녀의 관직생활에 대한 기대, 여성으로서 실현될 수 없는 잠재적 욕망이 혼재되어 나타난 현상으로 파악된다. 『미암일기』에 나타난 송덕봉의 꿈은 조선시대 다른 문인 여성들의 꿈과는 다른 점이 많다. 전통시대의 여성지식인들은 만족스럽지 못한 결혼 생활과, 조선의 여성으로 태어나 부딪는 현실에 몸부림친 경우가 많다. 이러한 경우, 꿈은 비현실적인 세계, 곧 도가적 신선 세계 동경으로 회귀하는 경향이 있다. 도교적 신선세계를 표현하는 단어나 선인仙人들의 이름이 시어의 주된 흐름을 이루고 있다. 인간 현실의 번뇌와 질곡에서 벗어나기 위한 피아의 환상세계로 자신의 의식을 몰입시키고 있는 것이다. 조선 중기 이후 창작된 유선시 계열은 당시 시풍과 맞물려 여성시인들의 주된 시적 제재가 되었다. 그러나 송덕봉의 꿈에서는 비현실적인 환타지와 같은 내용은 보이지 않는다.

다섯째, 호방한 여성의 하루가 표현되어 있다. 「취리음醉裏吟」·「취중우음醉中偶吟」 등의 시가 대표적이다. 전통시대에 술은 여성과 밀접한 관계에 있다. 여성의 주요한 임무 중의 하나인 '봉제사접빈객'에서 술이 빠져서는 안 되었기 때문이다. 그 시대에 여성은 술 만드는 제조자였다. 집집마다 장맛이 다르듯이 술도 각 집안마다 달랐을 것이다. 송덕봉은 해가 바뀌거나, 제사, 생신 등의 집안 일이 있을 때마다 술을 담갔다. 미암은 부인이 만든 술 맛을 보고 한 해의 길흉을 판단하기까지 하였고, "우리 집 세주가 매우 좋은데 우리 부인이 빚은 바이다"라고 다소 자랑스러움이 묻어난 말을 하기도 하였다. 집안 일 중에서 술이 차지하는 비중이 얼마나 컸는지 실감할 수 있다.

이상에서 송덕봉의 한시작품을 살펴보았다. 송덕봉 시의 형식적 특징은 5언과 7언의 절구시로 되어 있고, 차운시가 주류를 이루고 있다. 차운시는 남편 유희춘과 주고 받은 시가 대부분이고, 그 다음이 아들·손자·사위·조카 등이다. 송덕봉 한시는 일상 속에서 이루어진 것이 대부분이다. 남편과 한 집에서 살고 싶은 여인의 소박한 염원, 아들을 위시한 가족 간의 사랑, 그러나 가끔은 술에 취하여 호탕하게 좁은 규방에서 벗어나 사해를 품고 싶었던 욕망을 쉽고 자연스러운 시세계로 표현해 내었음을 확인할 수 있다.

3. 여성문학사의 의의

송덕봉의 문학이 우리나라 고전여성 문학사에서 차지하는 의의
는 크게 다음과 같은 네 가지로 요약할 수 있다.

첫째, 우리나라 고전여성문학사에서 개인문집을 가진 최초의 사
례이다. 우리나라 여성들의 문학작품은 삼국시대와 고려시대를 거
치면서 적지 않은 작품이 산견된다. 조선시대에 접어들어 많은 여
성문인들이 작품을 생산하였고, 문집으로 발간되기 시작하였다. 송
덕봉의 문집은 덕봉 생존 당대에 만들어졌다. 이것은 송덕봉의 한
시 작품이 송덕봉 생존 시부터 집안에서 소중하게 여겨졌다는 증
거이다. 이후로 꾸준히 자손들의 관심 속에 살아 숨 쉬고 있었음
을 확인할 수 있는데, 이는 조선시대 여성들의 문자행위가 여의치
못하였거나 작품의 보관 및 유지가 소홀하였던 경우와 비교할 때
시사하는 바가 매우 크다. 결론적으로 송덕봉의 문집은 우리나라
여성 문인사에서 가장 이른 시기에 그것도 살아생전에 문집을 보
유했던 여성으로 평가된다.

둘째, 송덕봉은 문헌적 근거가 뒷받침 되는, 우리나라 여성지식
인사의 선두 주자이다. 송덕봉은 당대에 이미 '총명하고 민첩하며
경서와 역사서를 두루 섭렵한 여사'로 평가받았다. '여사女士'는 '여
자 중에 선비의 행실이 있는 사람'을 가리키는 말이다. 그렇다고
해서 송덕봉이 평가받은 여사라는 칭호는 '여자의 몸으로 유사의
학식〔女性身, 儒士識〕'만 있는 것으로 한정지을 수는 없다. 송덕
봉은 여성 선비이면서 문사文士요, 지성과 지식을 온전히 실천한 여
성이기 때문이다.

셋째, 송덕봉의 가정경영과 부부생활을 통하여 볼 때, 주체적이
고 능동적인 여성상을 구현하고 있으며 가족과 '문학으로 대화하기'
가 실현되었다. 송덕봉의 혼인 생활은 당당하고 활기찬 모습이었다.

그 당당함의 기저에는 송덕봉이 교육받았던 당대 성리학의 부덕을 온전히 실천하였던 점이 크게 작동하였던 것으로 보여진다. 남편 미암의 긴 유배 생활과 관직생활로 인하여 부부의 평생 동거율이 절반을 넘지 않는 상황에서 송덕봉의 가정 내 역할은 중요하였다. 손님과 같은 남편의 부재 속에서 가정경영을 도맡아 처리하였다. 미암은 그런 부인의 명민한 역할과 노력에 찬사를 아끼지 않았다. 그리고 첩이나 기녀, 정욕의 문제로 부부 갈등의 불씨가 늘 도사리고 있었으나 그때마다 부인의 관용과 지혜로운 대처로 대화나 편지, 시로 소통하며 해결책을 찾아나갔다. '문학으로 대화하기'가 가능한 격조 있는 부부관계이었다. 전통시대에 미암과 송덕봉 부부와 같은 변함없는 사랑을 나눈 부부가 없지는 않다. 그러나 문헌으로 정착되어 전해 내려오는 사례가 그리 많지 않고, 가장 앞선 시기라는 점에서 이 부부의 인문학적 소통이 의미 있다.

넷째, 지역학으로의 '호남여성문학사' 전개에 시발점을 여는 문인이다. 호남 지역은 전통적으로 풍부한 물산과 자연경물, 누정, 인문적 충만감으로 인해 조선 중기에 이미 '호남시단' 또는 '호남풍'의 문학사조를 구축한 선구적 지역이었다. 조선 중기의 대표적 문학비평가 지봉 이수광과 교산 허균은 16세기 호남문인과 호남풍의 문학사조에 대하여 깊이 있게 주목한 바 있다. 조선중기 한시 미학계의 선두 그룹인 호남 남성들의 배후에는 지식과 현실인식을 겸비한 호남여성들이 존재하고 있음을 간과할 수 없다. 남성들의 문학적 성과에는 미치지 못하나, 여성들의 문학작품 또한 만만치 않게 생산된 지역이 바로 호남지역인 것이다. 온전한 한국문학사 서술을 위해서라도 여성 문학의 지속적인 발굴과 체계적 연구가 절실히 요청되는 시점에서, 순창의 순창 설씨, 송덕봉과 김삼의당, 나주의 나주 임씨, 부안의 이매창, 보성 안방준가의 여성, 해남의 광주 이씨 등에 대한 연구는 지역문화의 폭을 넓히고 한국문학사의 미비점을 보완하는 계기가 될 것이기 때문이다. 호남여성문학의 시발점을 여는 지점에 바로 송덕봉이 있다.

결론적으로, 송덕봉은 16세기 조선시대가 추구한 유교적 여성교육을 학습 받은 엘리트 여성이었고, 배운 덕목들을 일상의 삶 속에서 진정성 있게 실천하고자 노력하였던 실천적 지성인이었다고 말할 수 있다.

김충호

　천지가 사람을 생성할 때에 하늘의 도道는 남성을 이루되 주로 움직임은 외부에 있고, 땅의 도는 여성을 이루되 주로 고요함은 내면에 있게 된다. 그래서 선대의 성인과 어진 군주들은 교육을 행할 때에 남자는 학교에 들어가 바깥 스승에게 가르침을 받고 여자는 누에를 치거나 삼베를 짜되 여교사가 집안에서 가르치도록 하니, 이는 대개 양陽은 움직이고 음陰은 고요한 뜻을 따른 것이다. 따라서 옛날에 남자는 능히 수신·제가·치국·평천하의 학업에 마음을 쏟고 문장에도 저절로 통달했으나, 여자는 학문에 전념할 수 없었으니 어느 겨를에 시문을 공부하겠는가. 그러나 간혹 규방에서 기이한 인재가 나와 채록할 만한 뛰어난 시문을 남기면 성인이 오히려 이것을 취하였으니, 이것이 위衛나라 부인의 백주시柏舟詩[1]가 『시경』의 국풍國風에 나열되고, 노魯나라 목강穆姜의 사덕해四德解[2]가 『주역』 건괘乾卦의 설명에 인용된 까닭이다.

　우리 조선조의 여성문인은 제법 많았지만 송덕봉宋德峰[3]처럼 재

---

1)　백주시(柏舟詩) : 『시경(詩經)』「용풍(鄘風)」의 편명(篇名)으로, 위(衛)나라 태자 공백(共伯)의 처(妻) 공강(共姜)이 남편 사후에 재가(再嫁)하지 않고 절조를 지킨 내용을 읊은 시이다.

2)　사덕해(四德解) : 목강이 원·형·이·정(元亨利貞)의 4덕(德)에 대하여 해석한 내용이다. 『左傳·襄公9年』

3)　송덕봉(宋德峰) : 1521~1578. 본관은 홍주(洪州), 이름은 종개(鍾介), 자는 성중(成仲), 호가 덕봉(德峰)이다. 담양 대곡리(大谷里)에서 세거한 이요당(二樂

주와 덕성을 겸비하여 무리에서 빼어난 사람은 드물었다. 덕봉은 곧 미암眉巖 유희춘柳希春[4] 선생의 부인이다. 부인은 난초와 옥과 같은 자태로 홍주 송씨洪州宋氏 가문에서 생장하여 문장에 능숙하였고, 미암에게 시집가서는 부부가 잘 화합하여 마치 비파와 거문고를 타는 듯했으며, 사랑하는 마음과 경계하는 뜻이 흔히 시문 사이에 넘쳐흘렀다. 시문의 격조는 평담고아平淡古雅[5]하여, 그리워 애태우면서도 방탕함에 흐르지 않았고, 바르고 가지런하여 의리義理에 꼭 들어맞았으며, 절박하면서도 온유함을 잃지 않았다. 예컨대 「희신사喜新舍」·「미암승가선작眉巖升嘉善作」·「차지락음次至樂吟」·「마천령상음磨天嶺上吟」 및 「답미암서答眉巖書」·「착석문斲石文」 등이 이것인데, 만일 훗날의 주자가 다시 『소학』의 속편을 다시 만든다면, 「마천령상음」과 같은 시는 마땅히 부부夫婦 조목에 채록될 것이다.

가만히 생각건대, 이와 같은 문장이라면 그 시문 중에서 후세에 전하여 사녀士女들의 마음을 움직여 느끼게 할 만한 것이 응당 많았을 터인데 다 전해지지 못하니, 문인들이 유감으로 여긴 지 오래되었다. 요사이 나의 소우少友 안동교安東敎가 덕봉의 시문 약간 편을 수집하고 부록을 덧붙여 『덕봉집德峰集』이라 명명한 뒤, 옥천玉川 순창의 옛 이름의 훈몽재訓蒙齋[6]로 나를 찾아와 보여주었다. 나는 덕봉

堂) 송준(宋駿)의 딸이요, 16세기 호남 5현 중에 한 사람인 미암(眉巖) 유희춘(柳希春)의 부인이다.

4) 유희춘(柳希春) : 1513~1577. 본관은 선산(善山). 자는 인중(仁仲), 호는 미암(眉巖). 처음에 최산두(崔山斗)에게 배우고, 뒤에 김안국(金安國)에게 사사(師事)했다. 1538년 중종33 별시문과에 급제했으며, 1544년 사가독서(賜暇讀書)를 한 뒤, 수찬·정언 등을 지냈다. 1547년 양재역 벽서사건(良才驛壁書事件)에 연루되어 제주도로 유배되었다가 함경북도 종성으로 이배(移配)되었다. 1567년 선조가 즉위한 뒤 석방되어 지제교·대사성·부제학·전라도 관찰사·예조 참판·이조 참판 등을 지내고 낙향했다. 그는 당시 사류(士類)들과 같이 문장에 뜻을 두지 않고 경학에 몰두하여 선조 초에는 경연관으로 경사(經史) 강론에 주력했다. 담양 의암서원(義巖書院)에 제향되었고 시호는 문절(文節)이다.

5) 평담고아(平淡古雅) : 평담은 담백하여 꾸밈이 없다는 뜻이고, 고아는 예스럽고 아담하며 멋이 있다는 뜻이다.

의 유집이 이제야 비로소 간행되니 여성문단의 큰 경사라 할 만하다고 매우 기뻐하였다. 지금 서문을 나에게 부탁한 사람은 덕봉의 친정 후손 송영수宋英洙인데 간행에 드는 모든 비용도 스스로 지출했다고 한다.

대한민국 광복 후 66년 신묘2011 중춘 하순에 광산光山 김충호金忠浩가 삼가 서문을 쓰다.

---

6) 훈몽재(訓蒙齋) : 하서(河西) 김인후(金麟厚)가 36세에 벼슬을 버리고 39세에 부모를 모시고 순창 쌍치 점암촌으로 이주해 지은 초당. 이곳에서 정철(鄭澈)·조희문(趙希文)·양자징(梁子澂) 등 많은 제자들이 수학했고, 추만(秋巒) 정지운(鄭之雲)이 찾아와 천명도를 토론했다.

덕봉집 제1권   시 詩

오언절구

칠언절구

미암이 덕봉에게 준 시 眉巖贈詩

덕봉집 제2권 편지 書

덕봉집 부록

딕봉집

제1권

화답시¹⁾

和詩 덕봉

국화잎에 비록 눈발은 날리오나
은대²⁾엔 따뜻한 방이 있겠지요
차가운 방에서 따뜻한 술을 받아
언 창자 채우니 얼마나 고맙던지요

菊葉雖飛雪
銀臺有煖房
寒堂溫酒受
多謝感充腸

---

1) 화답시 : 『미암일기초』2, 기사년(1569) 9월 2일 일기에, 미암이 모주(母酒) 한
   동이를 집으로 보내면서 부인에게 시 한 수를 써서 보냈고, 이튿날 9월 2일에
   는 송덕봉의 화답시가 왔다는 기록이 있다.
2) 은대(銀臺) : 조선시대 왕명의 출납을 관장하던 관청. 일명 승정원·후원(喉院)
   ·대언사(代言司)라고도 한다. 미암은 이 때(1569년, 선조2, 57세) 좌부승지(左
   副承旨)의 관직을 맡고 있었다.

모주3) 한 동이를
집으로 보내며 아내에게
母酒一盆送于家遺成仲 미암의 원운시

눈은 내리고 바람 더욱 차가운데
추운 방에 앉아있을 당신 생각하오
이 술 비록 하품이기는 하지만
언 창자 따뜻하게 해줄 수는 있으리

雪下風增冷
思君坐冷房
此醪雖品下
亦足煖寒腸

---

3) 모주(母酒) : 약주를 거르고 남은 찌끼 술 또는 밑술.

단오에 오씨 시누이와
새로 지은 집에서 만나[4]
端午與吳姉會新舍 덕봉

땅이 트여 푸른 산이 멀고
처마 높아 여름날이 서늘하네
남쪽 사랑에 까치집 지었으니
자손 번창을 알리는 것이리라

地曠靑山遠
簷高夏日凉
南廊成鵲室
應報子孫昌

---

4) 단오에……만나 : 『미암일기초』3, 신미년(1571) 5월 13일 기사에서, "부인의
편지가 왔는데, 단오에 오씨에게 시집간 누이·광문(光雯)·이유수(李惟秀)·오
언상(吳彦祥)과 더불어 새로 지은 집에서 노닐며 절구를 지었다." 하였다. 오
자(吳姉)는 송덕봉의 손위시누이로, 오천령(吳千齡)의 부인을 가리킨다. 이 시
는 『미암선생전집』2에 수록되어 있는데, '오자(吾姉)'란 용어 때문에 착오가
생긴 일이 아닌가 여겨진다. 『미암일기초』에 따르면, 미암은 이 해 단오 날에
전라 감사로서 천원역(川原驛 전북 정읍 부근)을 출발하여 태인(泰仁)에 도착
했고, 이곳에서 일재(一齋) 이항(李恒)을 만나 담화를 나누었기 때문이다.

중양일에 가족이 모여[5]
重陽日族會 _{덕봉}

오늘 중양절의 가족 모임인데
국화가 안 피어 참으로 서운하네
우리 아들 말직[6]이기는 하다지만
백의로 돌아온 것보다는 낫구나

今日重陽會
眞嫌菊未開
吾兒雖末職
猶勝白衣來

---

5) 중양일에 가족이 모여 : 이 시는 『미암일기초』 5에 수록되어 있다. 경오년
   (1570)이나 신미년(1571) 9월 9일에 지은 것으로 보인다.
6) 말직(末職) : 미암의 주선으로 이 때 아들 유경렴(柳景濂)은 능참봉(陵參奉)에
   있었다.

술에 취하여[7]
醉裏吟 덕봉

천지가 비록 넓다고 말들 하지만
깊은 규방에선 그 모습 다 못 보네
오늘 아침 반쯤 취하고 나니
사해는 트여 가없기만 한 것을

天地雖云廣
幽閨未見盡
今朝因半醉
四海闊無津

---

7) 술에 취하여 : 이 시는 『미암일기초』 5에 수록되어 있다. 신미년(1571) 12월 2
일에 지은 것으로 보인다.

아들의 시에 차운하여[8)
次男韻 덕봉

양이 석벽에 오름을 말하지 말라
뜻이 있어 시리고 차가움 견디느니
쓴 것이 다하면 단 것이 오는 법
봄바람을 버들과 함께 즐기리라

莫言羊石壁
有志忍酸寒
苦盡甘須到
春風與柳歡

---

8) 아들의 시에 차운하여 : 이 시는 『미암일기초』 5에 수록되어 있다. 갑술년
   (1574) 정월에 차운한 시이다.

장난스레 비단옷을 드리며9)
戲贈羅袖 아들 경렴(景濂)10)의 원운시

외로운 양 돌 벼랑에 매달려
눈을 핥으며 혹독한 추위 견디네
앙상한 뼈에 털도 빠졌다지만
봄이 오면 절로 즐거워하리

孤羊攀石壁
舐雪耐嚴寒
骨露毛雖落
春來意自歡

---

9) 장난스레 비단옷을 드리며 : 이 시는 『미암일기초』 5에 수록되어 있다. 이때
   경렴이 찰방(察訪)으로 있으면서 장난삼아 시(詩)로 비단옷을 드린 것이다.
10) 아들 경렴(景濂) : 1539~1603. 자는 선경(善卿), 음직으로 참봉을 거쳐 경양
   도 찰방(景陽道察訪)을 지냈다. 하서(河西) 김인후(金麟厚)의 셋째 사위이다.

중구소작 시에 차운하여[11]
次重九小酌韻 덕봉

옛적 남북으로 갈려 살 때는
어찌 이런 날 생각이나 했으리
맑은 가을 아름다운 절기에 모이니
천리 길을 서로 기약 한듯하네

昔日分南北
那知有此時
淸秋佳節會
千里若相期

---

11) 중구소작 시에 차운하여 : 『미암일기초』 4, 갑술년(1574) 9월 9일 일기에 의
하면, 사위 윤관중(尹寬中)이 맨 먼저 시를 짓고, 유경렴·유희춘·송덕봉이 차
례로 차운시를 지었다.

차운하여
次韻 미암

대궐에서 은총을 받은 날
노란 국화를 술잔에 띄우네
한자리에 우리 대여섯 가족
함께 태평의 시절을 즐김이여

紫極承恩日
黃花泛酒時
一堂親五六
同樂太平期

차운하여

次韻 아들 경렴(景濂)

부모님 집안에 함께 계시니
색동옷 입고 춤추는12) 이 때
우리 집의 무한한 이 즐거움
이밖에 다시 무엇을 기약하리

鶴髮俱堂上
斑衣舞此時
吾家無限樂
此外更何期

---

12) 색동옷 입고 춤추는 : 노래지희(老萊之戲). 곧 주나라의 노래자(老萊子)가 일
   흔의 나이에 무늬 있는 옷을 입고 어린아이 흉내를 내어 부모를 기쁘게 해
   드린 일로, 자식이 부모에게 효도하는 것을 일컫는 말. 반의지희(斑衣之戲)라
   고도 한다.

중구절에 작은 술자리를 열고
重九小酌 사위 윤관중(尹寬中)13)의 원운시

경사스럽게 어버이 모시나니
가을바람에 해 비치는 때로다
거문고 노래 소리에 흥취 이니
이 모임 백 년을 기약해보네

慶侍高堂上
秋風日照時
絃歌情興發
斯會百年期

13) 윤관중(尹寬中) : 본관은 해남, 자는 이율(而栗), 벼슬은 선전관(宣傳官), 한성
   부 좌윤(漢城府左尹) 등을 지냈다.

을해년 제야에[14]
乙亥除夜 덕봉

전욱[15]을 등잔불 앞에서 보내고
구망[16]은 한밤중에 맞는도다
방안에 가득 모인 새해 하객
눈썹 흴까 뜬눈으로 지새운다네

顓頊燈前送
勾芒夜半來
滿堂新賀客
皆是兩眉開

---

14) 을해년 제야에 : 이 시는 『미암일기초』 5에 실려 있다. 을해는 1575년(선조8)
  이다.
15) 전욱(顓頊) : 북방의 신으로 겨울을 주관한다. 『예기(禮記)』 월령(月令)에 "겨
  울을 주관하는 상제는 전욱(顓頊)이요, 그 귀신은 현명(玄冥)이다." 하였다.
16) 구망(句芒) : 오행신(五行神)의 하나로, 목(木)의 운(運)을 맡은 신으로 봄을
  관장한다.

아내의 제야 시에 차운하여[17)
次成仲除夜韻 미암

옛날에 배운 것은 얼음처럼 얼어붙고
새롭게 깨달은 것은 활수처럼 온다네
사십년 동안 실마리를 찾고 보니
이제야 만 가지 이치 열리는 것을

舊學凝氷久
新知活水來
四十年紬繹
如今萬理開

---

17) 아내의……차운하여 : 이 시는 『미암선생전집』 2에 수록되어 있다. 『미암일
　　기초』 5에는 「차운작영상(次韻作迎祥)」이라는 제목으로 되어있다.

윤서·광룡과 술을 조금 들면서[18)
與尹壻光龍小酌 _{덕봉}

겨울 석 달은 마땅히 춥다지만
봄날인데도 어찌 이리 차가운가
오늘 같은 좋은 절기에 모이니
화창한 기운 청산에 가득하구나

三冬宜凍沍
春日又何寒
如今佳節會
和氣滿靑山

---

18) 윤서·광룡과……들면서 : 이 시는 『미암일기초』 5에 실려 있는데 어느 해의
   4월 8일에 지은 것으로 보인다. 윤서(尹壻)는 사위 윤관중(尹寬中)이고, 광룡
   (光龍)은 덕봉의 시숙 유성춘(柳成春)의 셋째 손자이다.

눈앞의 경치[19)
卽景 덕봉

비 그친 뒤에 부는 맑은 바람
구름사이로 드러나는 밝은 달
귀뚜라미[20)] 오열하는 듯 울지만
오늘 밤은 다행히 한가롭구나

清風生雨後
皓月露雲間
促織雖鳴咽
今宵幸得閑

---

19) 눈앞의 경치 : 이 시는 『미암일기초』 5에 수록되어 있다. 어느 해 8월 12일 밤에
   읊은 시이다.
20) 귀뚜라미〔促織〕 : 가을밤에 길쌈을 재촉해서 운다 하여 귀뚜라미의 별칭을
   촉직(促織)이라고 함.

동당을 읊어 미암에게[21]
詠東堂贈眉巖 덕봉

삼십년 된 오랜 옛 집에
이제야 나란히 돌아왔네요
말끔히 새로 지은 동당에서
벼슬 버리고[22] 한가히 쉬구려

三十年前舍
如今並轡還
東堂新洒落
君可舍簪閑

---

21) 동당을 읊어 미암에게 : 이 시는 『미암일기초』 5에 수록되어 있다. 어느 해 겨울 11월 22일에 동당(東堂)을 새로 짓고 읊은 시로 보인다.

22) 벼슬 버리고〔舍簪〕: 잠홀(簪笏)을 버린다는 말. 잠홀은 사대부들을 말하는데 벼슬아치들이 비녀를 꽂고 홀을 들기 때문이다.

아내의 동당을 읊은 시에 차운하여[23)
次韻成仲詠東堂 미암

사십년 전 꿈속에서 본 것을
이제야 돌아와 증험을 하였네
새로 지은 집에 봄 빛 나리니
태평시절을 함께 즐겨나 보세

四十年前夢
如今驗始還
新堂春色至
同樂太平閑

---

23) 아내의……차운하여 : 이 시는 『미암선생전집』 2와 『미암일기초』 5에 수록되
어 있다.

송진24)에게
贈宋震 덕봉

이 곳 우리 선조의 사당
긴 세월 동안 가꾸어왔구나
집안에 남녀 자손들 가득하니
조상의 신령도 응당 기뻐하리라

此地先家廟
經營百歲新
華堂男女盛
應悅祖上神

---

24) 송진(宋震) : 덕봉의 친정 조카. 자는 백기(伯起), 호는 농음재(聾陰齋)이다.
　　성균관 생원이었고, 아버지는 정언(廷彦)이며, 부인은 해남 윤씨 항(㤗)의 딸
　　이다.

우연히[25]
偶吟 덕봉

한 쌍의 선학 맑은 하늘에서 우니
월궁 항아 옥퉁소 부는가 의심했네
만 리의 뜬구름 속 돌아가고픈 생각에
뜰 가득한 가을달에 백한[26]이 털을 다듬네

一雙仙鶴唳淸霄
疑是姮娥弄玉簫
萬里浮雲歸思地
滿庭秋月刷鷳毛[27]

25) 우연히 : 『미암일기초』 5에 "부인이 무장(茂長) 관아에 있을 때 지었다."라는
   기록이 있는 것으로 보아, 이 시는 미암이 무장 현감(茂長縣監)에 제수된 계
   묘년(1543)이나 그 이듬해에 지어졌을 것이다.
26) 백한(白鷳) : 꿩과 비슷한데 수컷의 등과 꽁지가 흰색이다. 조선시대에 정3품
   ·종3품의 문관이 달던 백한 모양을 수놓은 백한흉배(白鷳胸背)가 있다.
27) 모(毛) : 『미암일기초』 5와 『덕봉문집병미암집』에 따라 한미(鷳尾)를 한모(鷳
   毛)로 바꾸어 풀이했다.

마천령 위에서[28)]
磨天嶺上吟 덕봉

걷고 또 걸어 마천령에 이르니
동해는 거울처럼 끝없이 펼쳐있구나
부인의 몸으로 만리 길 어이 왔는가
삼종의리 중하니 이 한 몸 가벼운 것을

行行遂至磨天嶺
東海無涯鏡面平
萬里婦人何事到
三從義重一身輕

---

28) 마천령 위에서 : 이 시는 『미암일기초』 5에 수록되어 있는데, 덕봉이 시어머
니 최씨의 삼년상을 마치고 곧장 종성 유배지로 출발하였으므로 경신년
(1560)에 지은 것으로 보인다. 최씨는 무오년(1558) 2월에 졸하였다. 마천령
은 현재 함경남도 단천군 광천면과 함경북도 학성군 학남면 사이의 도계(道
界)에 있는 고개로 높이는 725미터이다. 마천령(摩天嶺) 또는 이판령(伊板嶺)
으로도 씀.

미암의 시에 장난스레 화답하여29)
戱和眉巖韻 덕봉

당신의 시 자랑은 겸양이 없으니
맑기가 어찌 상강의 가을물 같으리까
소년 같은 운우의 꿈일랑 떨쳐버리고
사물에 무심하면 대항할 이 없으리라

君詩夸詑無謙讓
淸淨那同湘水秋
除却少年雲雨夢
無心事物果無儔

---

29) 미암의⋯⋯화답하여 : 이 시는 『미암일기초』 5에 실려 있다. 미암이 은진(恩
　　津) 유배시절인 을축년(1565) 또는 병인년(1566)에 지어 보낸 시에 덕봉이
　　차운한 것으로 보이는데 운자(韻字)가 일치하지 않는다.

아내에게30)
寄成仲 미암의 원운시

높기는 여산31)의 삼천 길과 같고
맑기는 소상강32) 팔구월의 가을인 듯
다시 따스한 봄처럼 생성의 뜻 있어야
비로소 군자는 강유의 덕을 이룬다네33)

高如廬嶽三千仞
淸似瀟湘八九秋
更有陽春生物意
方成君子德剛柔

---

30) 아내에게 : 이 시는 『미암선생전집』 2와 『미암일기초』 5에 수록되어 있다.

31) 여산 : 여악(廬嶽)은 여산(廬山)과 같다. 이백(李白)의 「망여산폭포(望廬山瀑布)」
시에, "비류직하삼천척(飛流直下三千尺)"이라는 유명한 표현이 있다. 『李太白
集』 卷20

32) 소상강(瀟湘江) : 중국 호남성 동정호 남쪽에 있는 소수(瀟水)와 상수(湘水).
여덟 곳의 매우 맑고 아름다운 경치 「소상팔경」으로 유명하다, 평사낙안(平
沙落雁)·원포귀범(遠浦歸帆)·산시청람(山市晴嵐)·강천모설(江天暮雪)·동정추
월(洞庭秋月)·소상야우(瀟湘夜雨)·연사만종(煙寺晚鍾)·어촌석조(漁村夕照).

33) 다시……이룬다네 : 이 3, 4 구절은 "그대 나더러 인욕을 버리라 하시니〔感
君期我除人欲〕 다만 주자의 글에서 즐거움 구하겠소.〔只把朱文至樂求〕"라
고 되어 있는 곳도 있다.

꿈속에서34)
夢中詩 덕봉

가을 서리에 향기로운 국화 샛노랗고
봄비에 배꽃은 수없이 빛나도다

秋霜香菊十分黃
春雨梨花不數光

---

34) 꿈속에서 : 이 시는 덕봉이 무진년(1568)에 꿈속에서 지은 것이다.

감탄하여 시를 지어35)
感歎成小詩 미암의 화답시

경인년에 일찍이 중승36)의 귀함을 외웠고

집의 때는 도리어 대사헌에 수결하였네

더욱 기쁜 것은 지난번 아내의 꿈이니

하얀 배꽃 노란 국화 시가로 읊었었지

庚寅曾誦中丞貴

執義還題大憲花

尤喜細君曾有夢

白梨黃菊入詩歌

---

35) 감탄하여 시를 지어 : 덕봉이 무진년(1568)에 미암이 대사헌이 될 꿈을 꾸었
는데 미암이 신임 대사헌에 임명된 뒤 이를 추억하여 지은 화답시이다. 『미
암일기초』 신미년(1571) 10월 24일 기사에서, "옛날 경인년(1530, 중종25, 미
암 18세)에 내가 대사헌의 직책이 존엄함을 누차 들먹이자 늙은 여종 눌비
(訥妃)가 '도령은 이 벼슬을 원하십니까?'라고 물었다. 무진년(1568, 선조1,
미암 56세) 가을에 사헌부 집의(司憲府執義)가 되어 공문에 서명할 때 대사
헌 아래에다 잘못 수결을 놓아 매우 놀라고 부끄러웠는데, 이제 와서 생각해
보면 어찌 말이 씨가 된 것이 아니겠는가." 하였다.

36) 중승(中丞) : 조선 초기에 사헌부에 속한 종3품 벼슬인데 뒤에 집의(執義)로
고쳤다. 여기서는 사헌부의 대사헌을 지칭한 것으로 보인다.

화답시[37]
和答 덕봉

원공[38]이라 자처하며 물욕 없다 하시더니
어찌하여 오경까지 잠 못 이뤄 하시나요
비록 옥당 금마[39]도 즐겁기는 하겠지만
가을바람에 뜻대로 돌아옴만 같겠습니까

自比元公無物欲
如何耿耿五更闌
玉堂金馬雖云樂
不若秋風任意還

---

37) 화답시 : 『미암일기초』 2, 경오년(1570) 4월 26일 기사에서, "담양의 죽순을
   진상하는 사람이 집에서 부친 편지를 가지고 왔는데, 부인이 나의 시에 화답
   한 것도 들어있었다." 하였다.
38) 원공(元公) : 주돈이(周敦頤, 1017~1073)의 시호이다. 중국 북송의 유교 사상
   가로 성리학의 기초를 닦았다. 자는 무숙(茂叔), 호는 염계(濂溪). 황정견(黃
   庭堅)의 「염계시서(濂溪詩序)」에 "용릉(春陵)의 주무숙(周茂叔)은 인품이 매
   우 고상해서, 마치 광풍제월(光風霽月)처럼 가슴속이 쇄락하기만 하다."고 평
   한 내용이 나온다. 광풍제월(光風霽月)은 비가 온 뒤에 맑은 바람이 불고 달
   이 뜬 깨끗한 풍광을 뜻한다.
39) 옥당 금마(玉堂金馬) : 옥당전(玉堂殿)과 금마문(金馬門)으로 모두 중국의 한
   림원(翰林院)을 말하는데, 여기서는 조선시대 홍문관(弘文館)을 지칭한다.

새집을 좋아하여40)
喜新舍 _{덕봉}

하늘이 삼산41) 같은 장수를 보내고
신령한 까치도 백세의 영화 알려주리니
만 이랑의 좋은 밭이 내 소원 아니요
원앙처럼 화락하며 평생을 지내고파라

天公爲送三山壽

靈鵲來通百世榮

萬頃良田非我願

鴛鴦和樂過平生

---

40) 새집을 좋아하여 : 이 시는 『미암일기초』 3, 신미년(1571) 5월 11일 기사에 실려 있다. 『미암일기초』 5에 「端午與吳姊會新舍」라는 제목으로 실려 있는 두 수의 시 중 한 수인 "天公爲送三山壽 地祇爭輸百世榮 滿廩盈倉非我願 鴛鴦和樂乃丹誠"은 「喜新舍」와 유사한데, 아마도 원작은 아닌 것으로 생각된다.

41) 삼산(三山) : 봉래(蓬萊)·방장(方丈)·영주(瀛州) 등 삼신산(三神山)으로, 자라 등 위에 얹혀서 바다에 떠 있다고 전한다.

미암 시에 차운하여
次眉巖韻 덕봉

화락함이 세상에 둘도 없다 자랑치만 말고
나를 생각해 꼭 착석문42)을 읽어보구려
군자는 광대하여 막힘이 없어야 하나니
범공의 맥주43)를 천년 뒤에 행하소서

莫誇和樂世無倫
念我須看斲石文
君子蕩然無執滯
范君千載麥舟云

---

42) 착석문(斲石文) : 덕봉이 친정아버지 묘 앞에 세울 비석 일을 도모하며, 미암
에게 강경하게 도움을 요청한 글이다. 『미암일기초』 3, 신미년(1571) 7월 5일
기사에서, "해남에서 노자를 받아 온 사람이 집에서 부친 편지를 가지고 왔
다. 부인이 편지로 '담양의 석물(石物)을 늦추거나 소홀히 해서는 안 되는 이
유'를 극진하게 설명하였다."고 했다.
43) 범공의 맥주 : 중국 송나라의 명재상 범중엄(范仲淹)의 아들 범순인(范純仁)
에 얽힌 고사. 맥주는 보리를 운반하는 배로, 범순인(范純仁)이 석만경(石曼
卿)에게 배에 실린 보리를 주어 그의 상(喪)을 도와주었다. 범중엄이 아들
순인을 고소(姑蘇)에 보내어 보리 5백 섬을 운반하게 하였는데, 배가 단양
(丹陽)에 닿았을 때 장사를 지내지 못하는 석만경을 보고 배에 실린 보리를
그에게 주고 집에 돌아왔다고 한다. 冷齋夜話』

미암이 가선대부에 올라서[44)]
眉巖升嘉善作 _{덕봉}

황금 띠를 띠었으니 포의[45)]로는 극진한 영화
돌아와 초당에 누워 건강 돌보심이 어떠한지요
벼슬은 사양할 수 있다고 일찍이 약속하셨으니
뜰에서 달을 바라보며 돌아오시길 기다리렵니다

黃金橫帶布衣極
退臥茅齋養氣何
爵祿可辭曾有約
遊庭見月待還家

---

44) 미암이……올라서 : 이 시는 『미암일기초』 5에 수록되어 있는데, 미암이 신
　　미년(1571) 10월에 종2품 가선대부 대사헌(大司憲)에 제수된 일을 두고 지은
　　것이다.
45) 포의(布衣) : 벼슬 없는 보잘 것 없는 선비.

미암에게[46)
贈眉巖 덕봉

눈 속이라 막걸리도 구하기 어렵거늘
하물며 임금께서 술을 내려 주셨다네
스스로 따른 한 잔 술 얼굴 붉게 물드니
당신과 함께 태평시절 돌아옴을 축하하오

雪中白酒猶難得
何況黃封殿上來
自酌一盃紅滿面
與君相賀太平廻

---

46) 미암에게 : 『미암일기초』 3, 임신년(1572) 11월 11일 기사에서, "부인과 궁중
　　에서 내린 좋은 배를 함께 먹었다. 맛이 상쾌해 막힘이 없으니 최고 품질이
　　라 이를 만하고, 술도 매우 맛이 좋아서 서로 경하하기를 그치지 않았다. 부
　　인이 시를 지어 나에게 주었다."고 하였다.

취중에 우연히[47)
醉中偶吟 덕봉

평생 세 번째 한양에 이르르니
남북의 아름다운 산 예전처럼 푸르구나
이십 년을 귀양 살며 피눈물 흘리더니
오늘의 금의와 영화 어찌 알았을까

平生三到洛陽城
南北佳山舊樣靑
廿載天涯曾泣血
那知今日錦衣榮

---

47) 취중에 우연히 : 『미암일기초』 4, 갑술년(1574) 3월 19일 기사에서, "부인이
　　취중에 시를 읊자〔醉中吟詩〕 내가 차운하였다."고 했다.

차운

次韻 미암

당신이 술에 취해 시의 성48)을 쌓아내니
구름 밖 드높은 하늘을 놀래 바라보네
서울 풍경이 비록 좋다 기는 하다지만
집으로 돌아와 밥상 앞 영화만 같지 못하리

喜君醉裏辦詩城
崔崒驚看雲外靑
京洛風光雖最好
不如歸去49)饌前榮

---

48) 시의 성〔詩城〕: 당나라 시인 유장경(劉長卿)이 오언시(五言詩)를 잘해 오
   언장성(五言長城)이란 호를 얻었다고 한다.
49) 귀거(歸去): 『미암일기초』 5에 "사(舍)자를 거(去)자로 바꾸었다. 부인의 지
   적을 따른 것이다.〔改舍作去 從夫人指也〕"라는 세주(細注)에 의거하여, '사
   (舍)'자를 '거(去)'자로 하였다.

지락음에 차운하여[50)]
次至樂吟 덕봉

봄바람 아름다운 경치는 예부터 보던 것이요
달 아래 타는 거문고도 하나의 한가함이지요
술 또한 근심 잊게 하여 마음 호탕해지는데
당신은 어찌 책속에만 빠져있답니까

春風佳景古來觀
月下彈琴亦一閑
酒又忘憂情浩浩
君何偏癖簡編間

---

50) 지락음에 차운하여 : 이 시는 『미암일기초』 5와 『미암선생전집』 2에 수록되
  어 있다.

지락음을 아내에게[51)
至樂吟示成仲 미암

뜰의 꽃 흐드러져도 보고 싶지 않고
음악소리 쟁쟁 울려도 관심 없다오
좋은 술 어여쁜 자태엔 흥미 없으니
참 맛은 오로지 책 속에 있다네

園花爛熳不須觀
絲竹鏗鏘也等閑
好酒姸姿無興味
眞腴唯在簡編間

---

51) 지락음을 아내에게 : 이 시는 『미암선생전집』 2와 『미암일기초』 5에 수록되
    어 있다. 『미암일기초』 5에는 어느 해 4월 5일에 준 시라는 기록이 있다.

눈을 읊어52)

詠雪 덕봉

올 해 추위는 안타깝게도 더디오니
납일 전에 세 번의 눈53) 볼 수는 있을까
지난 밤 구름이 온 천지 두르더니
새벽에 옥산이 펼쳐져 깜짝 놀랐다네

今年寒氣苦來遲
三白何當未54)臘霏
昨夜洞雲籠六合
曉來驚見玉山圍

---

52) 눈을 읊어 : 이 시는 『미암일기초』 5에 수록되어 있는데, 어느 해 11월 21일
  에 지은 것으로 보인다.
53) 납일……눈 : 동지 이후 세 번째 돌아오는 술일(戌日)을 납일(臘日)이라고 하
  는데, 납일 전에 세 번 눈이 내리는 것을 삼백(三白)이라고 한다. 이때 내리
  는 눈이 보리농사에 가장 좋기 때문에 상서롭다고 한다.
54) 미(未) : 『미암일기초』 5의 기록에 "아(迊)자는 미(未)자로 쓴다." 하였고, 『덕
  봉문집병미암집』에는 '미(未)'로 되어있으며 세주에 "미(未)자는 본래 아(迊)자
  였다."라고 기록하였다.

설야 시에 차운하여[55]
次雪夜韻 _{덕봉}

임금의 사랑 융숭하니 어찌 물러날 수 있을까
벼슬 물리치고 임하에서 마음을 수양하시지요
궤에 가득한 황금이 나의 바람 아니요
새로 지은 집 맑은 시내도 하나의 보배라오

聖眷方隆何事退
休官林下養精神
黃金盈櫃非吾願
新室淸溪亦一珍

---

55) 설야 시에 차운하여 : 『미암일기초』와 『덕봉문집병미암집』에는 시제가 「증미
암(贈眉巖)」으로 되어있다.

설야56)
雪夜 미암의 원운시

경을 읽은 지 구년 동안 덕음 잦았고
조용히 계옥57)하니 마음 통한 지 오래로다
은혜 내리시어 전원에서 즐거움 찾게 된다면
새로 지은 집 만권의 책이 나의 보배라네

讀經九載德音頻
啓沃從容久會神
恩許歸田尋至樂
新堂萬卷是吾珍

---

56) 설야 : 이 시는 『미암일기초』 5와 『미암선생전집』 2에 수록되어 있다.
57) 계옥(啓沃) : 선도(善道)를 개진하여 임금을 인도하고 보좌한다는 뜻이다. 『서
   경(書經)』 「열명(說命)」에, 은나라 고종이 부열(傅說)에게 "그대의 마음을 열
   어 나의 마음을 적셔라. 〔啓乃心 沃朕心〕" 하였다.

눈을 연구로 읊어58)
詠雪聯句

청산에 눈 가득하니 솔이 분을 바르고   /덕봉
푸른 물에 바람 이니 부들이 수를 놓누나   /미암

靑山雪滿松塗粉
綠水風來蒲刺紋

---

58) 눈을 연구로 읊어 : 이 시는 『미암일기초』 5에 수록되어 있다. 연구(聯句)는
    한 사람이 각각 한 구씩을 지어 이를 합하여 만든 시. 중국 한나라 무제 때
    부터 시작되었다고 하며 연시(聯詩)라고도 한다.

한가위[59)
仲秋

변방의 풍상은 거칠기만 하고
호남의 일월은 길기만 하구나
아마도 만날 날 멀지 않으리니
맑은 술잔에 노란 국화 띄워보세

塞北風霜闊
湖南日月長
相從應未遠
黃菊泛淸觴

---

59) 한가위 : 이 시는 『미암선생집』 2에 수록되어 있다. 미암이 유배에서 풀려
   난 해가 정묘년(1567, 선조 즉위년)이다. 이 시가 지어진 시기도 이 해가 아
   닌가 한다.

아내에게 답하여60)
答成仲

월녀가 한 번 웃으니 삼 년을 머물렀다고61)
창려선생 방심한 유사명을 풍자하였다지
평생 정주62)의 문호에 들길 원했으니
어찌 동문 쪽으로 잘못 향할 리 있겠소63)

越女一笑三年留
昌黎曾刺放心劉
平生願入程朱戶
肯向東門錯轉頭

60) 아내에게 답하여 : 이 시는 1571년 9월 19일에 지은 것이다. 『미암선생전집』
    2에 수록되어 있다. 『미암일기초』 3, 신미년(1571) 9월 19일 기사에서 "부인
    의 편지에 이르기를, '월녀가 한 번 웃으니 삼년을 머무네. 〔越女一笑三年
    留〕'라고 하는데, 당신이 사직하고 돌아오기가 어찌 쉽겠습니까.' 하니, 내가
    시로 화답하였다."고 했다.
61) 월녀가……머물렀다고 : 한유(韓愈)가 유사명(劉師命)에게 지어 준 시에,
    "월녀일소삼년류(越女一笑三年留)"라는 시구가 있다. 유사명이 월나라 지방
    에 가서 여인에게 혹하여 3년 동안 돌아오지 않았으므로 한유가 경계한 것
    이다.
62) 정주(程朱) : 중국 송나라 때 저명한 성리학자였던 정호(程顥)·정이(程頤) 형
    제와 주희(朱熹)를 일컬음.
63) 어찌……있겠소 : 유사명이 "동쪽으로 양송 지방에 갔다가 양주까지 갔었고,
    마침내 큰 강을 건너 동쪽 구석까지 갔었다. 〔東走梁宋曁揚州 遂凌大江極東
    陬〕"는 시구에서 의미를 가져온 것이다.

대사헌으로 능소에 가면서 아내에게64)
以大憲詣陵所寄成仲

나는 원한다네 빛나고 밝은 거울
서로 따르며 잠시도 떠나지 말기를
열흘이면 다시 만나겠지만
밤마다 밤마다 당신을 그리오

吾願光明鏡
相隨不蹔離
一旬知會合
夜夜尙相思

---

64) 대사헌으로……아내에게 : 『미암선생전집』 권2와 『미암일기초』 5에 "을해년
　　(1575, 선조8) 4월에 대사헌으로 능소(陵所)에 가면서 부인에게 부쳤다."라고
　　되어 있다.

다시 덕봉65) 아래로 가서
살아볼까 생각했다가 이사할 계획을
세우지 못하고 아내에게 주다66)
更思留住德峰下不爲遷居計示成仲

처음에는 혼인 의논한 쥐와 같더니
되레 소나무로 이름을 정함 같도다67)
도연명과 적씨68)의 무궁한 즐거움은
분수를 편히 여긴데서 찾아야 한다오

初如議婚鼠

還似定名松

陶翟無窮樂

須尋安分中

---

65) 덕봉(德峰) : 담양군 대덕면 장산리에 있다. 송덕봉 부부는 덕봉 아래에 살았
고, 덕봉의 호도 여기에서 따온 것이다.

66) 다시……주다 : 『미암선생전집』 2에 실려 있다. 『미암일기초』 5에는 "이 달 24일에 다시
덕봉 아래로 가서 살아볼까 생각했다가 이사할 계획을 세우지 못하고 시를 지어 부인에
게 주었다. 〔是月二十四日 更思留住德峰下 而不爲遷居 因作詩示夫人〕"라고 되어 있다.

67) 처음에는……같도다 : 두 구절의 속뜻을 정확히 알기는 어렵다. 첫 구절은 「사윗감
찾아 나선 쥐」 설화를 연상시킨다. 사이좋은 쥐 부부가 만년에 예쁜 아기 쥐를 낳
았는데, 시집 갈 때가 되어 세상에서 가장 훌륭한 사윗감을 얻기 위해 온 세상을
찾아 헤매며 해님·먹구름·바람·돌부처 등을 만나나 결국은 쥐가 가장 훌륭하다는
사실을 깨닫게 된 이야기이다. 홍만종의 『순오지(旬五志)』에 이 설화가 실려 있다.

68) 도연명과 적씨〔陶翟〕 : 도연명(陶淵明)의 처 적씨(翟氏)는 도연명의 뜻을
받아 숨어 사는 가난한 생활을 편안히 여겼다고 한다.

담양 광동으로 이사 가기로 정하고69)
定遷居于潭陽廣洞

천기도 일찍이 정유년 여름 꿈에 보았고
호적은 또 을묘년 봄에 증거가 보였다네70)
참으로 영천71)으로 피해 가족을 온전히 하니
간곡한 선친의 가르침 귓가에 새롭구나

遷岐曾夢丁酉夏
貫籍還徵乙卯春
苟避穎川完眷屬
丁寧先訓耳邊新

---

69) 담양……정하고 : 이 시는 『미암선생전집』 2와 『미암일기초』 5에 수록되어
  있다. 『미암일기초』 5에는 어느 해 9월 18일에 지은 것으로 되어 있다.
70) 천기도……보였다네 : 덕봉 부부는 여러 차례 이사를 하는데 이 시도 이사하
  는 꿈을 꾸었다가 실제로 실현된 것을 표현하였다. 천기도(遷岐圖)는 주(周)
  나라 태왕(太王)이 기산(岐山)으로 이사 가는 꿈을 그린 그림을 말한다. 정유
  년은 1537년(중종32)으로 송덕봉과 유희춘이 혼인한 그 다음해이다. 『미암일
  기초』 5에는 "정유년 여름에 담양 도회에 살다가 꿈에 천기도의 시제(詩題)
  를 보았다. 〔丁酉夏 居潭陽都會 夢見賦遷岐圖〕"는 세주(細注)가 달려있다.
  을묘년은 1555년(명종10)인데 『미암일기초』 5에는 "을묘년 봄에 부인이 꿈에
  천공(天公)이 담양으로 관적하라고 했다. 〔乙卯春 夫人夢見天公使貫潭陽戶
  籍〕"는 세주가 달려있다.
71) 영천(穎川) : 영천(潁川)과 통용한 것으로 보임. 요순시대에 허유(許由)는 선
  양(禪讓)을 제의 받고 영천에서 귀를 씻고 기산(箕山)으로 들어갔다고 한다.

천계음72)
天癸吟

남들 늙고 병듦 탄식하나 나는 당당하니
천계가 왔으나 마음 절로 태평 하다오
수염 희지만 머리카락 검고 윤택하며
치아는 빠졌으나 눈은 도리어 밝기만하지
만권 책 가슴에 담아 입가에 부드럽고
한 밤중 잠을 자며 숨소리도 고요하다네
다시금 삼백 권의 책 엮어 내어
장차 주자와 정자의 학문 잇고 싶다오

---

72) 천계음 : 『미암선생전집』 2와 『미암일기초』 5에 수록되어 있다. 『미암일기초』 5에
는 시제가 「천계음을 아내에게 〔天癸吟贈夫人〕」로 되어 있다. 천계는 남자의 정
액과 여자의 월경을 병칭하던 말이다. 여기에서는 미암이 곧 64세의 나이가 되었
다는 것을 의미한다. 『소문(素問)』 상고천론(上古天論)에, "여자는 7세가 되면 신기
(腎氣)가 성해져서 치아 갈이를 하고 머리카락이 길어지며 14세가 되면 천계(天癸)
가 이르러 임맥(任脈)이 통하고 태충맥(太衝脈)이 성해져 월경이 때에 맞추어 흐르
므로 자식을 둘 수 있게 된다. … 장부는 8세에 신기(腎氣)가 실해져서 머리카락이
자라고 치아 갈이를 하며 16세가 되면 신기가 성해져서 천계(天癸)가 이르러 정기
가 넘치고 음양이 조화되므로 자식을 둘 수 있게 된다. 〔腎氣盛 齒更髮長 二七而
天癸至 任脈通 太衝脈盛 月事以時下 故有子云云 丈夫八歲 腎氣實 髮長齒更 二八腎
氣盛 天癸至 精氣溢寫 陰陽和 故能有子〕"라 하였다.

人嗟衰病我崢嶸
天癸來時意自平
鬢白尙多頭潤黑
牙殘却喜眼精明
胸藏萬卷脣無澁
睡穩三更息屛聲
更欲修書三百冊
擬將事業紹朱程

아내가 건립한 대청을 보고73)
見成仲規畫大廳因成四韻

규모 경영을 누가 이처럼 기이하게 했나
부인의 마음과 솜씨 옛 반수74)와 같구려
남쪽으로 열린 서실 밝고도 산뜻하며
북쪽 서까래 밑에는 다락을 놓았다네
늙은이는 창에 기대어 오연함 즐기고75)
자손들 책을 펴 글 읽는 소리 들리네
문득 선친의 옮겨 살란 말씀 생각느니
우리 후손 백세의 복 열어주심이로다

---

73) 아내가……보고 : 『미암선생전집』2와 『미암일기초』5에 수록되어 있다. 『미
   암일기초』5, 병자년(1576, 선조9) 2월 15일 기사에서, "아내가 건립한 대청
   이 정교함에 감탄하여 율시를 지었다. 〔感嘆夫人規畫大廳之妙 因成四韻〕"고
   하였다.
74) 반수(班垂) : 반수는 춘추시대 노(魯)나라의 교공(巧工) 공수반(公輸般)과 순
   (舜) 임금 때의 교사(巧思)로 유명한 수(垂)를 가리킨다. 공수반의 반은 반
   (般)·반(班) 두 가지로 통용한다.
75) 늙은이는……즐기고 : 세속을 떠나 초연히 자유인의 경지를 마음껏 즐긴다는
   말이다. 도연명(陶淵明)의 「귀거래사(歸去來辭)」에 "남쪽 창가에 기대어 오만
   한 마음 부친다. 〔倚南窓以寄傲〕"는 구절이 있다.

營度規模誰是奇
夫人心匠似班垂
南開書室新明朗
北接樓廐舊桷楣
老叟倚窓長寄傲
兒孫開卷效唔咿[76]
却思先子遷居訓
啓我雲仍百歲禧

---

76) 오이(唔咿) : 『미암일기초』 5에는 ‘오이(吾伊)’로 되어 있는데 서로 통용한다.

딕봉집

제2권

미암에게 답함77)
答眉巖

미암이 홍문관 관리로 한양에서 벼슬하여 4개월 동안 홀로 살면서 음악과 여색을 일체 가까이 하지 않았는데, 이것을 편지로 써서 홀로 살아가는 고통을 보답하기 어려운 은혜라고까지 자랑하자, 부인이 담양潭陽 본가에 있다가 이런 내용으로 답장하였다. ○ 경오년(1570, 선조3) 6월 12일에 편지가 옴.

삼가 편지 내용을 보니, 갚기 어려운 은혜를 저에게 베푼 듯이 스스로 자랑했는데 감사하기 그지없습니다. 다만 군자君子는 행실을 닦고 마음을 다스려야 한다고 들었습니다. 이는 성현聖賢의 밝은 가르침이니, 어찌 나 같은 아녀자를 위해 억지로 힘쓸 일이겠습니까. 만일 속마음이 이미 확고해져서 물욕物欲이 가리기 어려우면 저절로 마음의 찌꺼기도 없어질 것인데, 어찌하여 안방 아녀자의 보은을 바라십니까. 서너 달 동안 홀로 잤다고 해서 고결한 척 은덕을 베푼 기색이 있다면, 결코 담담하여 무심한 사람은 아닙니다.

편안하고 결백한 마음을 지녀 밖으로 화사한 미색을 끊고 안으로 사사로운 생각을 없앤다면, 어찌 굳이 편지를 보내 공功을 자랑한 뒤에야 알겠습니까. 곁에 친한 벗이 있고 아래로 가족과 종들이 있어 뭇사람이 눈으로 보아 저절로 공론公論이 퍼질 것이니, 굳

---

77) 미암에게 답함 : 이 편지는 『미암일기초』 경오년(1570) 6월 12일 기사에 전문이 실려 있다. 담양의 향리(鄕吏) 의당(義當)이 6월 12일에 이 편지를 가지고 온 것으로 보인다. 미암은 일기에서 "부인이 장문의 편지를 적어서 광문(光雯 미암의 종손자)을 시켜 베껴 보냈다." 하였고, 또 "부인의 말과 뜻이 다 좋아 탄복을 금할 수 없다." 하였다.

이 애써 편지를 보낼 것도 없습니다. 이로써 본다면, 당신은 아마도 겉으로 인의仁義를 베푸는 척하는 폐단과 남이 알아주기를 서두르는 병폐가 있는 듯합니다. 제가 애틋한 마음으로 가만히 살펴보니 의심스럽고 걱정스러움이 한량이 없습니다.

저 또한 당신에게 잊지 못할 공이 있으니 가볍게 여기지 마세요. 당신은 몇 달 동안 홀로 잤던 일을 두고 붓을 들어 편지를 쓸 때마다 글자 가득 공을 자랑했습니다. 그러나 예순에 가까운 나이로 이처럼 혼자 잔다면 당신의 기운을 보양 〔保氣〕 하는 데 매우 이로운 것이니, 이는 결코 제게 갚기 어려운 은혜를 베푼 것이 아닙니다. 그렇지만 당신은 귀한 관직에 올라 도성의 많은 사람들이 우러러보는 처지이니, 비록 몇 달 동안 홀로 잤다 할지라도 또한 사람으로서 하기 어려운 일일 것입니다.

저는 옛날 당신의 어머니가 돌아가셨을 때 사방에 돌봐주는 사람이 없고 당신은 만리 밖에 있어서 하늘을 향해 울부짖으며 슬퍼하기만 했지요. 그래도 지성으로 예법에 따라 장례를 치러 남에게 부끄럽지 않게 했는데, 곁에 있던 어떤 사람은 '묘를 쓰고 제사를 지냄이 비록 친자식이라도 이보다 더할 순 없다.'라고 말하였습니다. 삼년상을 마치고 또 만리 길에 올라 험난한 곳을 고생스레 찾아간 일은 누군들 모를까요. 제가 당신에게 이처럼 지성스럽게 대한 일을 두고 잊기 어려운 일이라 하는 것입니다. 당신이 몇 달 동안 홀로 잤던 공과 제가 했던 몇 가지 일을 서로 비교하면 어느 것이 가볍고 어느 것이 무겁겠습니까.

바라건대, 당신은 영원히 잡념을 끊고 기운을 보양하여 수명을 늘리도록 하세요. 이것이 제가 밤낮으로 간절히 바라는 바입니다. 제 뜻을 이해하고 살펴주시기 바랍니다. 송씨宋氏가 아룁니다.

착석문78)
斲石文 서문을 덧붙임

부인이 송준宋駿의 딸로서 송공의 묘소에 비석을 세워주길 청한 것이다.
○ 신미년(1571, 선조4) 7월 5일에 편지가 옴.

미암이 종산鍾山 종성에서 19년이나 귀양살이를 하다가 가정嘉靖 을축년(1565, 명종20) 12월에 주상의 은혜를 입고 병인년(1566) 봄에 은진恩津으로 양이量移79)되니, 나 또한 모시고 돌아와 같이 살았다. 아홉 번 죽었다 열 번 살아난 끝에 오직 바라는 것은 선영先塋 친정아버지 묘소 곁에 비석을 세우는 일인데, 품질이 좋은 돌은 이 고을(은진)에서 생산되는 것보다 더 나은 것이 없기에, 즉시 석공을 불러 값을 주고 사서 배에 실어 보내어 해남의 바닷가에다 두었다.

융경隆慶 1년 정묘(1567, 선조1) 겨울에 미암이 홍문관 교리弘文館校理로 성묘하기 위해 고향으로 돌아와 비로소 추성秋城 담양의 옛 이름으로 끌어다 놓았으나, 인력이 부족하고 미약하여 돌을

---

78) 착석문 : 이 글은 신미년(1571) 7월 5일에 미암에게 온 편지인데, 제목은 기존의 필사본을 그대로 따랐다. 『미암일기초』를 보면, "해남에서 노자를 받아 온 사람이 집에서 부친 편지를 가지고 왔다. 부인이 편지로 '담양의 석물(石物 친정아버지 송준의 비석)을 늦추거나 소홀히 해서는 안 되는 이유'를 극진하게 설명하였다."고 적혀있다.

79) 양이(量移) : 죄로 귀양 간 사람을 먼 곳에서 가까운 곳으로 옮김. 미암은 53세가 되던 해(1565)에 문정왕후가 죽고 이어 윤원형이 축출되자, 을사사화와 정미사화 때 죄를 받았던 사람들에 대한 신설(伸雪)이 제기되어 마침내 종성에서 은진으로 귀양지를 옮겼다.

깎아 세울 수가 없었다. 신미년(1571, 선조4) 봄에 미암이 마침 전라 감사全羅監司에 제수되자 오래전부터 품어 온 염원을 이룰 수 있으리라 마음속으로 기뻐하였다. 그런데 감사는 폐단을 없애는 데 가장 힘쓰고 사사로운 일은 돌보지 않았기 때문에, 나에게 편지를 보내서 "반드시 사비를 들여 이루어야 하오."라고 말하였다. 내가 옹졸함을 잊고 이 글을 지은 것은 남편이 느끼고 깨달아서 도와주기를 바라서이고, 또 후손들에게 이 뜻을 전해주기 위해서이다.

하늘과 땅 사이 만물 중에서 사람이 가장 귀한 것은 성현聖賢을 세우고 교화를 밝혀서 삼강오륜의 도리를 행하기 때문입니다. 그러나 아주 오래전부터 이를 용감하게 행한 사람이 대체로 적었습니다. 때문에 뒤늦게나마 부모에게 효도하려는 지성스런 마음을 품었지만 힘이 부족하여 소원을 이루지 못한 사람이 있으면, 어진 이와 군자가 근심스레 유념하여 구원해주고자 하지 않음이 없었습니다. 제가 비록 영민하지는 않지만 어찌 그 강령綱領을 모르겠습니까. 어버이에게 효도하는 마음으로 옛사람을 뒤쫓아 따르고자 하는 것입니다.

당신은 이제 2품의 관직을 맡고 3대가 추증을 받았으며, 나 또한 고례古禮를 따라 정부인 품계를 얻었습니다. 조상의 영령과 구족九族80)이 모두 기뻐하고 있으니, 이는 분명 선대에서 쌓은 선행과 숨은 공덕에 대한 보답입니다. 그러나 내가 홀로 근심하며 잠들지 못하고 가슴을 치며 상심하는 것은 옛날 나의 선군先君 작고한 친정아버지이 늘 자식들에게 말씀하셨던 "내가 죽은 뒤에 반드시 정성을 다해

---

80) 구족(九族) : 일반적으로 고조·증조·조부·부친·자기·아들·손자·증손·현손까지의 동종(同宗) 친족을 통틀어 이르는 말인데, 간혹 모족(母族)인 외조부, 외조모, 이모의 자녀와 처족(妻族)인 장인·장모, 부족인 고모의 자녀, 자매의 자녀, 딸의 자녀와 자기의 동족(同族)을 통틀어 이르기도 한다.

묘 곁에 비석을 세워라."는 말이 귓가에 맴돌기 때문입니다. 아직까지 내 친정아버지의 소원을 이루어드리지 못했으니, 매번 생각이 여기에 미치면 애달픈 눈물이 눈에 가득합니다.

이는 어진 이와 군자가 마음을 움직일만한 일입니다. 그런데 당신은 어진 이와 군자의 마음을 품고 군색한 자를 구원하고 물에 빠진 자를 건져주는 힘을 갖고 있으면서도, 나에게 편지를 보내 "당신 오누이들이 사비를 들여 준비하면 내가 마땅히 그 밖의 일을 도와주겠소."라고 말하니, 이것은 유독 어떤 마음입니까? 맑은 덕행에 누가 될까봐 그런 것입니까? 처가의 부모에게 차등을 두어서 그런 것입니까? 우연히 살피지 못해서 그런 것입니까?

또 친정아버지께서 당신이 장가들어 3일째 되던 날, "부부로서 백년을 화목하게 지내리.〔琴瑟百年〕"라는 구절을 보고 어진 사위를 얻었다고 미칠 듯이 기뻐하셨는데, 당신은 반드시 기억하고 있을 것입니다. 더구나 당신은 나의 지음知音81)으로서 스스로 거공蚷蛩82)에 견주며 함께 늙자고 했으면서, 겨우 4, 50말의 쌀이면 공역을 끝낼 수 있는데도 이처럼 귀찮게 여기니 분통이 터져 죽을 지경입니다. 경전에 이르기를, "허물을 살펴보면 어진지를 알게 된다."83) 하였는데, 듣는 사람들은 반드시 이 정도를 허물로 여기지는 않을 것입니

---

81) 지음(知音) : 자신을 진정으로 알아주는 벗. 춘추시대에 초(楚)나라 사람 백아(伯牙)가 거문고를 잘 연주하였는데, 그가 흐르는 물에 뜻을 두고 연주를 하면〔志在流水〕, 그의 지음(知音)인 종자기(鍾子期)가 듣고는 "멋지다, 거문고 솜씨여. 호호탕탕 유수와 같구나.〔蕩蕩乎若流水〕"라고 알아주었다는 고사가 있다. 『呂氏春秋 卷14 孝行覽 本味』
82) 거공(蚷蛩) : 짐승의 이름인 공공거허(蛩蛩巨虛)의 약칭인데, 이 짐승은 하루에 천리를 달릴 수 있으므로, 앞발은 짧고 뒷발만 길어서 잘 달리지 못하는 궐(蹷)이라는 짐승이 항상 공공거허가 좋아하는 감초(甘草)를 가져다 그에게 먹여 주고 위급한 때를 당하면 공공거허의 등에 업혀서 위기를 면하곤 한다는 고사에서 온 말로, 정의(情誼)가 친밀하여 서로 의존하는 데에 비유한다.
83) 허물을……된다 : 『논어』 「이인편(里仁篇)」에서 "공자가 말했다. "사람의 허물은 각각 그 유형이 있으니 허물을 살펴보면 인자한지를 알게 된다.〔子曰 人之過也 各於其黨 觀過 斯知仁矣〕" 하였다.

다. 당신은 선현들의 밝은 가르침을 좇아 비록 지극히 미미한 일이라도 완전무결하게 처리하여 중도中道에 맞게끔 하면서, 이제 어찌 오릉於陵의 중자仲子[84]처럼 고집불통이십니까. 옛날에 범 문정공范文正公은 맥주麥舟로 친구의 군색함을 구제해주었으니,[85] 대인大人의 일처리를 어떻게 보십니까?

우리 남매에게 사비를 들여 준비하라는 뜻도 매우 가당치 않습니다. 어떤 이는 과부로 겨우 지탱해가고, 어떤 이는 곤궁하여 살아갈 수도 없으니, 비용을 거두어 준비할 수 없을 뿐만 아니라 반드시 원망하고 번민하는 마음을 일으킬 것입니다. 『예기禮記』에서 "집안에 능력이 있느냐 없느냐에 맞추어야 한다."고 말했으니 어찌 그들을 꾸짖을 수 있겠습니까. 만일 사가私家 덕봉의 친정집에 준비할 힘이 있다면 나의 정성으로 진즉 이루었을 것이니, 어찌 굳이 당신에게 구차히 청하겠습니까. 또 당신이 머나먼 종산鍾山 종성, 미암의 유배지 땅에서 내 친정아버지의 부음을 듣고 오직 소식素食 채식했을 뿐이고, 3년 안에 한 번도 제사 음식을 올린 적이 없었으니, 예전에 사위를 정성스레 대접한 뜻에 보답했다고 말할 수 있습니까? 이제 귀찮아하는 마음을 쓸어버리고 비석 세우는 일을 힘써 돕는다면, 저승에서나마 돌아가신 아버지께서도 감격하여 결초보은하

---

84) 오릉(於陵)의 중자(仲子) : 전국시대 제(齊)나라의 청렴한 선비로, 소소한 청렴결백을 주장한 나머지 대의를 저버린 사람의 대명사로 쓰인다. 오릉은 지명이며, 중자는 진중자(陳仲子)의 약칭이다. 모친이 주는 음식과 형의 저택을 불의(不義)의 물건이라 하여 물리치고 오릉에 은거하며 자신은 짚신을 만들어 팔고 아내는 길쌈하여 청빈한 생활을 하였는데, 맹자는 "이는 사람의 윤리를 저버리고 소소한 청렴에 급급한 행위이다."라고 비난하였다. 『孟子 滕文公下』
85) 범 문정공(范文正公)은……구제해주었으니 : 범 문정공은 송(宋)나라의 명재상 범중엄(范仲淹). 그의 아들 범순인(范純仁)은 자(字)가 요부(堯夫)이고 벼슬은 관문전 태학사(觀文殿太學士)였다. 맥주(麥舟)는 보리를 운반하는 배. 범중엄이 아들 순인을 고소(姑蘇)에 보내어 보리 5백 섬을 운반하게 하였는데, 배가 단양(丹陽)에 닿았을 때 장사를 지내지 못하는 석만경(石曼卿)을 보고 배에 실린 보리를 그에게 주고 집에 몰아왔다 한다. 『冷齋夜話』

고자 할 것입니다.

　나 또한 박하게 베풀고 그대에게 두텁게 바라는 것이 아닙니다. 시어머니의 상에 마음을 쏟고 힘을 다하여 예법으로 장사와 제사를 지냈으니, 나는 남의 며느리가 되는 도리에 부끄러움이 없습니다. 당신은 이러한 뜻을 생각하려 하지 않습니까? 당신이 만일 나의 이런 평생의 소원을 이뤄주지 않는다면, 나는 죽더라도 반드시 지하에서 눈을 감지 못할 것입니다. 이는 모두 지극한 정성에서 느껴 나온 것이니 글자마다 상세히 살펴주시기를 간절히 바랍니다.

딕봉집
부록

세계
世系

시조 시중공侍中公의 행적

공의 휘는 계桂인데, 고려의 시중侍中으로써 고려의 사직이 망하려고 할 때에 절의를 지켜 자취를 감추니, 곧 두문동杜門洞 72현인[86] 중의 한 분이다. 삼가 관덕재觀德齋 변윤종邊胤宗 ―송강 정철의 문인― 이 편찬한 『부조현언지록不朝峴言志錄』을 살펴보니 다음과 같은 말이 있다.

명나라 홍무洪武 25년 임신년(1392) 가을 7월 16일 을미일은 곧 고려의 국운이 다하고 조선이 천명을 받을 즈음이었다. 충신과 열사의 무리가 모두 강복岡僕의 의리[87]를 지켜 함께 송도시松都市 개성 동남쪽 고개인 부조현不朝峴에 올라 조천관朝天冠[88]과 폐양립蔽陽笠[89]을 걸어두고, 각각 자신의 뜻을 말하고 의리를 취하여 인仁을 이루었

---

86) 두문동(杜門洞) 72현인 : 새 왕조를 섬기는 것을 부끄럽게 여겨 경기도 개풍군 광덕산 두문동에 들어가 절의를 지켰던 고려의 충신 72명을 지칭하는데, 조선조 정조 때 왕명으로 표절사(表節祠)를 세워 배향(配享)하였다.
87) 강복(岡僕)의 의리 : 산등성이에 몸을 숨김. 곧 자기의 지조를 지켜 남의 신하가 되지 않는 도덕적 행위.
88) 조천관(朝天冠) : 조정에서 벼슬아치들이 임금을 뵈올 때 쓰는 갓.
89) 폐양립(蔽陽笠) : 패랭이. 더위를 피한다는 뜻에서 평량자(平凉子)·평량립(平凉笠)이라고도 한다. 대나무 껍질을 이용해 가늘게 쪼개서 위를 둥그렇게 만들었다. 같은 대나무 가지로 만들기는 해도 실 같이 가늘게 해서 만든 죽사립(竹絲笠)과는 전혀 다르다. 처음에는 서민들뿐만 아니라 사대부 층에서도 함께 썼으나 고급관모인 흑립(黑笠)이 나오자 신분이 낮은 보부상·역졸 등 천한 직업을 가진 사람만이 사용하게 되었다. 역졸은 흑칠한 것을 썼고, 보부상들은 패랭이 위에 목화송이나 가화(假花)를 꽂고 끈을 매달아 머리에 고정시켰다.

다. 송계는 "나랏일이 이미 어긋났는데 우리들이 다시 어찌해보겠는가."라고 말하고, 70여 명과 서로 이별하였다. 홍양洪陽 지금의 홍주으로 돌아가면서 자신의 뜻을 언급한 시를 남겼다.

삶을 잊고 한 세상 떠돈 개자추90)의 한탄이요　　忘生一世介子恨
몸을 죽여 천추에 이름 남긴 왕촉91)의 원혼이라　殺身千秋王躅寃

여러 현인들은 각자 은둔한 곳이 있었고, 시중공은 홍양에 숨어 의리를 지켰기 때문에 자손들이 이곳을 관향으로 삼았다.

별시위공別侍衛公의 행적 덕봉의 증조

공의 이름은 평枰인데 세조 때 음직으로 조지서 별제造紙署別提와 세자별시위世子別侍衛 행行 익위사 익위翊衛司翊衛를 지냈다. 순창淳昌 품곡品谷으로 물러나 쉬다가 담양潭陽 대곡大谷에서 늙어 목숨을 마쳤다.

남평공南平公의 행적 별시위공의 아들

공의 이름은 기손麒孫이고, 자는 국서國瑞이다. 성종 때 생원으로 참봉이 되었고 음직으로 통훈대부通訓大夫 사헌부 감찰司憲府監察을 역임했다. 외직으로 구례 현감求禮縣監과 남평 현감南平縣監이 되었다가 시어사 전중군侍御史殿中君92)으로 옮겼다. 학문이 순수하고 행실이 돈

---

90) 개자추(介子推) : 춘추시대 진(晉)나라 사람. 문공(文公)을 따라 19년 동안 망명하다가 귀국했으나 봉록(封祿)을 받지 못하자 면산(緜山)에 숨어들었는데, 문공이 그를 나오게 하려고 산에 불을 질렀을 때 끝내 거부하고 불타 죽었다. 『春秋左傳 僖公 24年』 『史記 卷39』

91) 왕촉(王躅) : 춘추시대 제(齊)나라 화읍(畫邑) 사람. 연(燕)나라 악의(樂毅)가 제나라를 쳐서 이긴 뒤에 왕촉이 어질다는 소문을 듣고는 그 고을을 침범하지 않고 연나라에 협조하도록 회유와 협박을 하였으나, 왕촉이 "의리 없이 살기보다는 죽는 것이 훨씬 낫다.〔與其生以無義 固不如死〕" 하고는 나무에 목을 매달아 죽었다. 『史記 卷82 田單列傳』

92) 시어사 전중군(侍御史殿中君) : 전중 시어사(殿中侍御史)라고도 하는데, 고려 시대에 어사대에 속한 정6품이나 종5품 벼슬. 또는 감찰사에 속한 정6품 벼

독했다. 네 명의 아들을 두었는데 모두 현달하니 세상이 '송씨 집 안의 네 마리 용〔宋氏四龍〕'이라고 일컬었다.

이요당공二樂堂公의 행적 남평공의 맏아들

공의 이름은 준駿이고 자는 자운子雲이며 호는 이요당二樂堂이다. 성종 8년인 정유년(1477)에 대곡리大谷里 집에서 태어났다. 31세 되던 정묘년(1507, 중종2)에 생원에 합격하고 효렴孝廉93)으로 참봉이 되었으며, 음직으로 별좌別坐, 주부主簿, 통훈대부通訓大夫 사헌부 감찰司憲府監察을 지냈다. 단성 현감丹城縣監에 제수되어 관직에 나간 지 3개월 만에 인끈〔綬 관리의 신표〕을 던지고 고향으로 돌아와 덕운산德雲山에서 살았다. 덕운산은 대곡리 장동獐洞에 있다.

이요당 묘갈墓碣의 뒷면에 새긴 글

공의 이름은 준駿이고 자는 자운子雲이며 본관은 홍주洪州인데 선조先祖 때부터 담양潭陽에서 우거하였다. 공은 곧 남평 현감 기손麒孫의 아들이요 대사헌 이공 인형李公仁亨94)의 사위이다. 선비의 학업을 닦

슬. 여기서는 조선조의 사헌부 감찰을 말한 듯함.
93) 효렴(孝廉) : 품행이 효성스럽고 청렴하여 주군(州郡)에서 관리 선발 응시자로 추천한 사람.
94) 이공 인형(李公仁亨) : 1436~1497. 본관은 함안(咸安), 자는 공부(公夫), 호는 매헌(梅軒). 아버지는 대사성 미(美)이며, 어머니는 진주 강씨(晋州姜氏)로 비호(匪虎)의 딸이다. 김종직(金宗直)의 문인이다. 1455년(세조1)에 20세로 진사시에 합격하여 재지를 인정받았으나, 젊은 나이에 출사하는 것은 교만한 성품을 기른다고 하면서 집에서 문을 닫고 독서하였다. 1468년 식년문과에 장원급제하여 부교리·응교 등을 지냈다. 1473년(성종4) 북평사에 임명되어서는 적의 침략에 대비가 소홀하였다는 이유로 고신(告身)을 몰수당하기도 하였다. 1485년 응교, 1488년 사간을 지내고 김산군수(金山郡守)로 나갔다. 당시 김산군(현재 경북 김천시)에는 개령(開寧)에 요승(妖僧)이 있어 온갖 방법으로 혹세무민하였는데, 아전을 시켜 요승을 잡아 처치하고 요승의 근거지를 불태워서 민폐를 막았다. 1492년 종부시 정이 되어서는 임금의 병을 치유하기 위하여 목멱산에 치제할 때 행향사(行香使)가 되었고, 1495년(연산군1) 대사간에 올랐다. 1496년 전라도관찰사를 지내고, 동지성균관사·대사헌을 거쳐, 이듬해 한성부의 좌·우윤을 지냈다. 1498년 무오사화 때 김종직의 문인이라는 이유로 부관참시(剖棺斬屍)당하였다. 1506년(중종1) 예조판서에 추증되고, 이어서 자손녹용(子孫錄用)의 은전을 받았다. 고성의 위계서원(葦溪書院)에 제향 되었다.

아 나이 31세 되던 정묘년(1507)에 생원시에 합격하였다. 나이 쉰 살이 넘어 처음으로 벼슬길에 나아가 10년 동안에 별좌, 주부, 사헌부 감찰, 단성 현감을 역임하고, 나이 73세에 배필 이씨와 더불어 잇달아 집에서 세상을 떠났다. 아들은 세 명인데 장남은 정로廷老이고 차남 정언廷彦은 사마司馬이고 막내 정수廷秀는 참봉이었다. 장남과 막내는 딸만 두었고, 정언이 아들 진震을 두었다. 큰사위는 변수정邊守楨이고 둘째사위는 유희춘柳希春이다. 융경隆慶 5년 신미(1571, 선조 4)에 전라도관찰사 선산善山 유희춘이 표석表石 등을 세우고 적음.

우유당공優遊堂公의 행적 남평공의 둘째아들

공의 이름은 숙驌이고 자는 사운史雲이다. 타고난 바탕이 우뚝 뛰어났으며 학문은 크고 넓었다. 성종 때에 진사에 합격했으나 벼슬 생각을 끊고 편안하고 고요히 살면서 자신을 지켰으며 시와 글을 즐겼다. 일찍이 말하기를, "청검淸儉 청렴과 검소을 자손에게 물려주어 자손이 대대로 지킨다면, 선조를 이어서 후손에게 베푸는 것이 옛사람에게 부끄럽지 않으리라." 하고, 그 당호堂號를 '우유優遊'라고 걸었다.

청심헌공淸心軒公의 행적 남평공의 셋째아들

공의 이름은 구駒이고 자는 능운凌雲이며 호는 청심헌淸心軒이다. 자품이 뛰어나 학문이 일찍 성취되었고 천성이 효성스러웠다. 성종 때 생원시에 합격하고 학문과 덕행으로 참봉이 되었으며, 음직으로 통훈대부通訓大夫 사헌부 감찰司憲府監察이 되었다가 자사刺史 지방관에 이르렀다. 아버지 남평공의 「분재문기分財文記」95)에 말하기를, "가정嘉靖 1년 임오(1522, 중종

묘소는 현재 경상남도 진주시 진성면 온수리에 있다.

95) 「분재문기(分財文記)」 : 조선시대의 재산상속 문서. 분배하는 방식과 종류에 따라 화회문기(和會文記)·분급문기(分給文記)·깃부문기〔衿付文記〕·별급문기(別給文記)·허여문기(許與文記) 등 여러 종류가 있다. 화회문기는 사후에 유서나 가족간의 합의에 의해 재산을 나눈 것이고, 분급문기는 재주(財主) 생전

17) 12월 15일에 아들 화순 현감和順縣監 구駒에게 별도로 재산을 나누어준다. 너는 늘 효심이 특별했는데 지금 벼슬이 자사(刺史)에 이르러서도 효도와 봉양이 더욱 두터웠다. 부모와 자식 사이에 고마운 정을 표할 길이 없어 노비 9명과 논 21두락을 영영 별도로 주노라.……” 하였고. ○ 친필 문서가 아직도 전해오고 있다.

임피臨陂·화순和順·구례求禮·김제金堤·동복同福 등 12 고을의 현감을 역임했는데 모두 청렴·결백한 마음으로 백성들을 사랑하였다. 임피에 부임했을 때 큰 가뭄을 당해 만 명의 목숨을 구활하자, 꿈에 부황 걸린 백성들이 무수히 나타나 뜰에 가득 모여 하례하기를, “우리들이 죽음의 구덩이에서 벗어나게 된 것은 태수太守의 은덕 때문인데 보답할 길이 없어 뜰에 세 개의 죽순을 심어 바칩니다.” 하더니, 잠깐 사이에 뻗어 올라 하늘에까지 자랐다. 그 뒤에 2남 1녀를 낳자 대나무 죽竹자로 이름을 지어주었는데, 아들 정순庭筍과 정황庭篁은 모두 현달했고 딸 정죽庭竹은 승지承旨 최영崔穎에게 시집 가니 곧 미능재未能齋 최상중崔尙重96)의 모친이다. 큰아들의 이름은 안도安道이니 꿈에서 점지하기 전에 태어났다.

에 나눈 문서이다. 이 같은 분배는 생전부터 사후까지 여러 차례에 걸쳐 이루어지기도 했다. 그 밖의 것은 특별히 가족일원이나 타인에게 지급한 문서이다. 그 서식을 보면 작성일과 재산분배 내용을 적고, 상속자들의 서명과 수결(手決)을 받고 있다. 마지막에는 필집(筆執)이라 하여 작성자를 명시했다.

96) 최상중(崔尙重) : 1551~1604. 본관은 삭녕(朔寧). 자는 여후(汝厚), 호는 미능재(未能齋). 영의정 항(恒)의 6대손으로, 어모장군 영(穎)의 아들이며, 어머니는 현감 송구(宋駒)의 딸이다. 유희춘(柳希春)의 문인이다. 1589년 증광문과에 병과로 급제하여 검열이 되었고, 1592년 임진왜란이 일어나자 도원수 권율(權慄)의 계청(啓請)으로 그의 종사관이 되어 5, 6년간 그를 보필하였다. 그 뒤 검열·예문관 봉교·헌납·지평·장령·사간·교리 등을 역임하고 1602년 사간을 끝으로 관직생활을 청산하고 고향에 돌아갔다. 그는 효성이 지극하였고, 선견지명이 있어서 정인홍(鄭仁弘)이 화심(禍心)을 품고 있다고 첫눈에 알아보았다 한다. 그리고 임진왜란 때는 호남을 내왕할 때 쌀을 가지고 다니며 굶주린 사람들에게 나누어 주었다고 한다. 도승지에 추증되었다가 아들 연(葕)의 공으로 대사헌에 가증되었으며, 남원의 노봉서원(露峰書院)에 제향 되었다.

『미암집』에서 뽑다
眉巖集抄

○ 공의 성은 유씨柳氏, 이름은 희춘希春, 자는 인중仁仲, 본관은 선산善山이다. 그 선조는 본래 문화文化에서 갈라져 나왔는데, 고려시대에 창昌은 은청광록대부銀靑光祿大夫 상서좌복야尙書左僕射였고, 좌복야가 낳은 보甫는 도첨의찬성사都僉議贊成事로 선주善州 선산(善山)에 식읍을 받아 마침내 그 고을 사람이 되었다. 고조 문호文浩는 감포 만호甘浦萬戶였고, 증조 양수陽秀는 성균관 진사로 통례원 좌통례通禮院左通禮에 추증되었으며, 할아버지 공준公濬은 생원과 진사시험에 모두 합격했는데 나중에 승정원 좌승지承政院左承旨에 증직되었다. 아버지 계린桂隣은 이조 참판吏曹參判에 추증되니, 모두 공이 귀하게 된 때문이었다.

정부인貞夫人 최씨崔氏는 사간원 사간司諫院司諫을 지낸 최부崔溥의 딸인데, 사간司諫은 뛰어난 문장과 곧은 절개로 큰 명성을 남겼다. 참판공은 혼인한 뒤에 사간을 스승으로 섬기면서 일찍이 과거공부를 버리고 재능을 감춰 벼슬하지 않은 채 스스로 경전과 역사서를 공부하며 즐기니, 향리에서 덕이 높은 사람으로 추대하였다. 공은 정덕正德 8년인 계유년(1513, 중종8) 12월 4일에 해남현海南縣 집에서 태어났다. — 시장(諡狀)에서

○ 공의 자는 인중仁仲이고 호는 미암眉巖이며 유성춘柳成春의 아우이다. 학식이 넓고 기억력이 뛰어나 가정嘉靖 무술년(1538, 중종33)에 과거에 합격하여 을사년(1545)에 사간원 정언司諫院正言이 되었다. 이때 윤

원형이 윤임을 해치기로 모의하고 그 첩을 궁궐 안으로 들여보내 문정왕후를 꾀어 밀지를 내려달라고 청하자, 대사헌 민제인(閔齊仁), 대사간 김광준(金光準), 집의 송희규(宋希奎), 사간 박광우(朴光佑), 장령 정희등(鄭希登)·이언침(李彦忱), 지평 김저(金䃴)·민기문(閔起文), 헌납 백인걸(白仁傑), 정언 김난상(金鸞祥)과 공이 중학(中學)97)에서 모였다. 장관(長官)98)이 말을 꺼내기를, "지금 두세 명의 대신들이 자전(慈殿 문정왕후)에게 의심을 받아 밀지가 내려졌소.99) 만약 그 단서를 먼저 적발하지 않는다면 국가에 재앙을 끼칠까 매우 두렵소." 하였다. 좌중이 모두 분연히 말하기를, "이는 곧 간사한 사람들이 재앙을 꾸미는 일이니 결코 차마 해서는 안 될 짓이오." 하였다. 김저가 "충성스럽고 어진 사람들이 모조리 도륙되는 재앙이 여기에서 시작되는 것인데, 또 곤·정(袞貞)100)이 한 짓을 따른단 말이오."라고 말하고, 송희규는 "내 비록 마디가 꺾이고 뼈가 부서지더라도 따르지 않겠다."고 말하였다. 공의 말이 더욱 통절하니 박광우·정희등·백인걸·김난상은 목소리와 얼굴빛이 모두 엄숙해졌고, 이언침과 민기문은 하늘을 우러러 크게 탄식할 뿐이었다. 민제인 등이 종일토록 간청했으나 끝내 따르지 않아 흩어졌다. 이에 간사한 무리가 지중추 정순붕(鄭順朋), 병조 판서 이기(李芑), 호조 판서 임백령(林百齡), 공조 판서 허자(許磁)에게 사주하여 밤에 광화문에서 회합하고 변고(變告)를 아뢰었다. 양전(兩殿 명종과 문정왕후)이 충순당(忠順堂)으로 납시자 윤임 등 3명

---

97) 중학(中學) : 서울 사부학당(四部學堂)의 하나. 삼사(三司)에서 의논이 있을 때에는 중학에서 일회(一會)를 개최한다. 일회는 삼사의 관원이 모두 모여 중대사를 논의하는 회의.

98) 장관(長官) : 조선시대에 한 관아의 으뜸 벼슬을 이르던 말. 여기서는 사헌부의 대사헌이나 사간원의 대사간을 지칭한다.

99) 지금……내려졌소 : 『동각잡기 하(東閣雜記下)』에 보면, "을사년 8월에 비밀전지를 예조 참의 윤원형에게 내리니, 그것은 윤임(尹任)·유관(柳灌)·유인숙(柳仁淑) 등에게 죄를 주라는 일이었다. 윤원형이 대사헌 민제인(閔齊仁)·대사간 김광준(金光準)에게 그것을 전하였다. 이에 양사가 중학(中學)에 모였는데, 민제인과 김광준이 발의하여 윤임·유관 등을 죄주고자 하였다."라고 적혀있다.

100) 곤·정(袞貞) : 남곤(南袞)과 심정(沈貞)이니 기묘사화를 일으킨 간신배들이다.

의 죄를 논의하였다. 공은 집의 이하와 더불어 책임을 지고 사퇴했는데, 백공_{白公} 백인걸만 홀로 머물러 항의하니, 문정왕후가 크게 노하여 백인걸을 하옥하라 명하고 송희규 등을 모두 파직하였다.

정언각_{鄭彦慤}이 양재역_{良才驛}의 비방 벽서[101]를 조정에 고함으로써 을사년에 저항한 인사들에게 죄가 가중되어 공도 제주도로 유배되었다. 본래 임백령은 공의 어머니 최씨에게 재종제_{再從弟}가 되어 공과 해남현에서 함께 살았다. 일회—會 의견을 조정하는 전체회의를 열기 며칠 전에 백령이 편지로 공을 부르고 사람을 물리친 뒤 밀지를 언급하면서, "따르면 영화롭고 거역하면 형벌을 당할 것이니, 그대는 홀로 늙은 어버이를 위해 계산하지 않겠는가." 하였다. 공이 불끈하여 얼굴색을 변하면서 한 마디 말도 하지 않고 물러나오니, 백령이 크게 한스러워했다. 공이 임시로 거처하던 곳이 김광준_{金光準}의 거처와 서로 나란히 있었다. 광준이 은밀히 말하기를, "궁중이 놀라고 의심하니 대간_{臺諫}이 된 사람은 그 뜻을 받들지 않을 수 없다네." 하니, 공이 기세를 높여 꾸짖었다. 이후 소인배들이 합세하여 공을 기어코 사지로 몰아넣기 위해 제주도는 고향(해남)과 멀지 않다 하여 종성_{鍾城}으로 유배지를 옮겼다. 공은 천명처럼 편안히 받아들여 밤낮을 쉬지 않고 사색하고 저술하고 외우고 뽑아 쓰니, 공의 학풍을 듣고 배우기를 원한 사람들이 많았다.

을축년(1565, 명종20)에 공론을 따라 을사년의 죄인들을 조금 용서하여 은진_{恩津} 충청도으로 양이_{量移}[102]했다가 선조 즉위년(1567)에

---

101) 양재역(良才驛)의 비방 벽서 : 1547년에 일어난 양재역 벽서사건. 정언각(鄭彦慤)이 전라도 양재역에서 "여왕이 집정하고 간신 이기(李芑) 등이 권력을 농단하여 나라가 망하려 하니 이를 서서 기다릴 것인가."라는 뜻의 벽서를 발견했다. 이에 이기 등은 이것이 을사옥(乙巳獄)의 뿌리가 남은 것이라 하여 대윤의 잔당으로 지목된 송인수(宋麟壽)와 이약수(李若水) 등을 죽이고 권벌·이언적·정자(鄭滋)·노수신(盧守愼)·유희춘(柳希春)·백인걸(白仁傑) 등 20여 명을 유배 보냈다. 이를 정미사화(丁未士禍)라 부른다.

102) 양이(量移) : 섬이나 변방으로 멀리 귀양 보냈던 사람의 죄(罪)를 감등(減等)하여 내지나 가까운 곳으로 옮기는 일.

은혜를 입고 풀려나왔다. 선조는 잠저潛邸103)에 있을 때 공에게 배웠기 때문에 매번 전교傳敎로 말하기를, "나의 학문이 진보한 것은 희춘에게 도움 받은 것이 많다." 하고, 자헌대부資憲大夫로 부제학副提學을 제수하니 전례가 없는 일이었다. 주상께서 말씀하기를, "희춘에게 합당한 일이니 비록 전례는 없지만 이를 제수하노라." 하였다. 세상을 떠나자 특별히 찬성贊成에 추증한 일도 전례가 없었다. 공은 경전과 역사서를 펼쳐들기만 하면 외워버렸고 성품 또한 온화하였는데, 주상께서 매우 소중히 여겨 사퇴하여 집에 머무를 때에도 은총이 쇠하지 않았다. - 명신록(名臣錄)에서

○ 공의 배필은 송씨宋氏이니 홍주洪州의 명족이며 사헌부 감찰司憲府監察 송준宋駿의 딸이다. 정경부인貞敬夫人에 봉해졌는데, 타고난 성품이 명민하고 경전과 역사서를 섭렵하여 여사女士104)의 기풍이 있었다. 공을 잃은 뒤에 상을 치름이 예법에 지나쳐 이듬해(1578) 정월에 몸을 상해 세상을 떠났다. 공의 묘소 왼쪽에 합장했다. 모두 1남 1녀를 낳으니, 아들 경렴景濂은 경양도 찰방景陽道察訪이었고, 딸은 선전관宣傳官 윤관중尹寬中에게 시집가서 딸 하나를 낳았는데 진사 백진남白振南이 그 사위이다. 찰방이 하서河西 김인후金麟厚의 딸에게 장가들어 2남 1녀를 낳으니, 장자는 광선光先이고 차자는 광연光延이며, 측실에서 광전光前이란 아들을 얻었다. 딸과 광연은 모두 자식이 없었다. 광선이 직제학 김준손金駿孫의 손자인 사과司果 김장金鏘의 딸에게 장가들어 2남 1녀를 낳으니, 장자 익원益源은 당시에 진안 현감鎭安縣監이었고, 차자 익청益淸은 유학을 업으로 삼고 있으며, 딸은 사인士人 김할金劼에게 시집을 갔다. - 시장(諡狀)에서

---

103) 잠저(潛邸) : 나라를 처음으로 세운 임금이나 왕위를 이은 임금으로서, 아직 왕위에 오르기 전에 살았던 집을 이르는 말. 용잠(龍潛) 또는 잠룡(潛龍)이라고도 함.
104) 여사(女士) : 학덕(學德)이 있고 행실이 선비처럼 어진 여자.

『미암일기』에서 뽑다
眉巖日記抄

정묘년(1567, 선조 즉위)

12월 1일 아침에 아내〔細君〕와 상의하기를, "이 달에 해남海南에 이르러 곧 서문 밖에다 집을 지어 수리와 단장이 끝나기를 기다리면 7월에는 반드시 해남으로 돌아가 살 수 있을 것이오."라고 했다.

무진년(1568, 선조1)

1월 11일 아침에 아내와 장기를 두었다. 점심을 먹은 뒤에 신주神主에 고하고 길을 나섰다.

1월 12일 아침에 참판參判 송순(宋純)이 나와 장기를 두었다. 나는 아내에게 편지를 썼다.

3월 4일 담양潭陽 집안의 종 노적露積이 아내의 편지를 가져왔는데, 내주內紬105) 2필을 급히 사서 보내라고 하였다.

3월 8일 아내에게 보낼 편지를 써서 담양으로 가는 말치부末致夫 종이름 편에 부쳤다.

3월 15일 창평昌平 사람이 담양에서 보낸 쌀 5말을 가지고 왔는데, 아내의 편지도 있었다.

4월 3일 담양에 사는 김난옥金蘭玉이 올라와서 아내의 언문 편지〔諺書〕를 보게 되었는데, 행랑 13칸은 이미 세웠고 또 옆에 3칸

---

105) 내주(內紬) : 품질이 나빠 겨우 안감으로밖에 못 쓰는 명주(明紬)를 말함.

을 만들어 붙였으나 덮을 기와가 없어서 장차 기와를 구워야 하는 것이 한스러울 뿐이라고 하였다.

4월 22일 아내가 무명베로 갑방의甲方衣 겹으로 만든 겉에 입는 웃옷, 갑봉지甲捧地 겹으로 만든 바지, 단천익單天益 홑으로 된 철릭을 만들어 보내왔다. 아내가 밖으로는 집짓는 일에 시달리고 안으로는 옷 짓는 일에 수고로우니, 그 고생이 심하다.

5월 19일 담양에서 아내의 편지와 모시옷 5벌이 온 것을 보았다.

6월 13일 첩妾 해남에 살던 방굿덕이 모시 조끼106) 1벌과 모시 내복 1벌을 지어 보냈다. 이는 담양의 아내가 첩에게 옷감을 보내서 첩으로 하여금 만들어 여기로 보내게 한 것이다.

6월 28일 담양의 향리鄕吏 전억명全億命이 아내의 편지를 가지고 왔다. 전라 감사全羅監司가 벼 20섬을 주었는데 송 참판宋參判 송순이 장흥 부사長興府使 조희문趙希文 김인후의 사위 군에게 통보하여 능주綾州로 옮길 수 있었고, 능주 현감 소해蘇邂가 또 담양 집까지 보내주었으며, 송공이 또 흰쌀 10말을 베풀어주어 한 집안이 조금 소생하게 되었다고 했다.

7월 18일 송해용宋海容 송순의 아들이 어제 호남으로부터 들어와 집에서 보낸 편지를 전해주었는데, 한 집안이 걱정거리가 없고 아내는 8월 25일에 출발해오며 흑단령黑團領107)과 모시 단상短裳을 보낸다는 내용이었다. 단상은 곧 장상張裳이다.

9월 8일 홍문관의 구종丘從108) 중에 아내 행차를 맞으러간 사람이 진위振威 평택 부근에서 먼저 왔다. 아내의 편지에 이르기를, "호남 지역에 있을 때에는 날이 따뜻하여 옷을 가볍게 입었기 때문에 두

---

106) 조끼 [褡褸] : 다포. 벼슬아치가 입던 옷의 하나. 예복 밑에 입던 조끼 형태로 밑이 김.
107) 흑단령(黑團領) : 벼슬아치가 입는 검은 빛깔의 단령. 단령은 깃을 둥글게 만든 공복(公服)임.
108) 구종(丘從) : 관리나 양반이 데리고 다니는 하인. 구종(驅從).

사람이 가마를 같이 타는 것도 가능했지요. 그런데 지금은 날이 추워져 옷이 두꺼워 같이 탈 수가 없어서 딸이 말을 탔으나 힘들어하니, 반드시 중간에 가마를 보내주었으면 합니다." 하였다. 오늘 최자성崔子省에게 가마를 빌렸다.

9월 29일 아내가 딸을 데리고 담양을 출발할 때에 딸은 허약해서 말을 탈 수가 없었다. 어떤 사람이 딸도 가마에 태우라고 권했으나 아내는 남편[家翁]의 명이 없었기 때문에 사양하고 감히 그렇게 하지 않았다. 전주에 이르러 부윤府尹 노진盧禛이 가마를 하나 내주며 딸에게 타도록 하였으나, 아내가 애써 사양하면서 남편의 뜻이 아니라고 하였다. 부윤이 세 번이나 청했으나 끝내 듣지 않자, 노공이 탄복하고 포쇄별감曝曬別監109) 정언신鄭彦信도 서울에서 자주 칭찬하였다고 한다.

10월 13일 종성鍾城 미암이 유배되었던 곳의 아전 황원서黃元瑞가 하직하고 돌아가자, 나와 아내는 그를 전송하고 아울러 김상의金尙義의 어머니와 남세번南世蕃의 아내와 월대月代에게 물건을 싸 보내면서 표기하였다.

10월 14일 장인과 장모 두 분의 신위에서 기일忌日 제사를 지냈다. 오늘은 곧 장모의 기일인데 새벽에 세속의 풍습대로 장인의 제사를 함께 모셨으니, 아내 집안의 법도를 따른 것이다.

기사년(1569, 선조2)

6월 23일 딸이 부인을 위하여 무녀巫女를 청하려하자, 부인이 허락하지 않으면서 말하기를, "목구멍의 병증이 분명한데 무당의 제사와 무슨 상관이 있겠느냐. 결단코 청할 수 없다." 하였다. 부인의

---

109) 포쇄별감(曝曬別監) : 조선시대 때 책 말리는 일을 담당하던 관리. 별감은 액정서(掖庭署)에 딸려있는 벼슬의 하나. 액정서는 조선 왕조 때 왕명의 전달, 임금이 쓰는 붓과 벼루를 공급, 대궐 열쇠의 보관, 대궐 뜰의 설비 등의 일을 맡아 보던 관아.

현명한 판단이 이와 같았다.

8월 12일 내가 뜻한 바를 이루고 나서 신의를 저버리는 옛 친구를 보고 그의 신의가 부족함을 탄식하자, 부인이 말하기를, "차라리 남이 나에게 신의를 저버릴지언정 나는 남에게 신의를 저버리는 일이 없어야 하니, 우리는 절대 그러지 맙시다." 하였다.

9월 2일 부인에게서 화답시和答詩가 왔다.

9월 9일 아침에 부인의 편지가 왔는데, 이희장李希璋이 가덕포 첨사加德浦僉使에게 서장書狀을 써달라는 일이었다. 나는 곧 만들어 보내면서 붓과 먹까지 보냈다.

9월 17일 서녀 해성海成이 어제 왔다가 오늘 저녁에 갔는데, 부인이 계집종을 보내 호송하게 했다. 여러 서자들을 어루만지고 사랑하는 모습이 상곡부인上谷夫人110)과 다름이 없었다.

12월 12일 부인이 11월 15일에 보낸 편지를 찾아보니, 건강이 서울에 있을 때보다 조금 좋아졌고, 또 송군직宋君直 부부도 전날에 망령되이 화를 냈다고 크게 후회했으며, 송진宋震111)은 그 어머니가 이매移買112)한 전답을 받았고, 지금은 우리 집과 화목하다고 하였다.

경오년(1570, 선조3)

4월 26일 담양의 죽순을 진상하는 사람이 집에서 부친 편지를 가지고 왔는데, 부인이 나의 시에 화답한 것도 들어있었다.

○ 부인이 편지에서 이르기를, "이번 달에 며느리 김씨가 장성長城으로 돌아갔는데 친정어머니가 외롭게 살면서 불렀기 때문이지

---

110) 상곡부인(上谷夫人) : 중국 당나라 때 문종(文宗) 때 상서우복야(尙書右僕射)를 지낸 이오(李晤)의 부인이 상곡군태부인(上谷郡太夫人)이 된 범양노씨(范陽盧氏)로 추측된다. 상곡부인은 시부모에게 효도가 지극했고 친족의 상(喪)을 정성껏 치러주어 칭송이 자자했다고 한다.『白氏長慶集 卷71』
111) 송진(宋震) : 덕봉의 친정조카. 자는 백기(伯起), 호는 농음재(聾陰齋). 성균관 생원이었고, 아버지는 정언(廷彦)이다.
112) 이매(移買) : 자기의 땅을 팔아 다른 땅을 사는 일.

요.” 하였다.

6월 12일 부인이 장문의 편지를 적어서 광문光雯 미암의 종손자을 시켜 베껴 보냈다.

12월 30일 부인이 편지에서 이르기를, “광문光雯이 장가들 적에 우리 집에서 장만해준 물건은 말안장, 갓, 검은 가죽신, 붉은색 직령直領, 자주색 두꺼운 철릭〔天益〕, 비단으로 만든 두터운 앞가리개, 명주로 만든 두터운 토시, 명주로 만든 속적삼, 혼서婚書, 서울에서 사온 저고리, 비단 1필, 무명과 명주를 섞어 짠 깁 1필, 말을 탈 때 입는 바지 하나, 정제한 가죽신 하나이니, 이것이 그 대강이지요.” 하였다.

신미년(1571, 선조4)

2월 2일 오씨에게 시집간 누이113)와 내가 예전에 부인을 신댁辛宅114)이라 부른 적이 있었는데, 지금 신미년辛未年에 새집〔新宅〕으로 들어오니 어찌 예언이 이루어진 것이 아니겠는가.

○ 꿈속에서 “신댁이라 부를 때는 뜻이 없었는데, 옥 같은 가지 꿈의 인연이로다. 내 나이 어언 쉰아홉이니, 즐기지 않고 다시 무엇하랴.〔辛宅呼無意 瓊枝夢有緣 行年五十九 不樂復胡然〕”라는 시 한 편을 어렴풋이 보았다. 깨어나 차운하기를, “신댁이라 부름이 어찌 징험 없으리. 참빗을 꿈꾼 게 바로 인연이로다. 만년에 한 쌍의 검은 양115)이 노닐면, 선생이 한번 빙그레 웃으리라.〔呼辛豈無驗 夢篦定有緣 晚來雙羔處 先生一莞然〕” 하였다.

---

113) 시집간 누이 : 해주오씨 오천령(吳千齡)에게 시집 감. 그의 아들이 오언상(吳彦祥)이다.
114) 신댁(辛宅) : 덕봉이 신사년(辛巳年, 1521)에 태어났기 때문에 그렇게 부른 것이다.
115) 한 쌍의 검은 양〔雙羔〕 : 『시경(詩經)』에서는 고양(羔羊)을 염결(廉潔)한 군자에 비유를 하는데, 여기서는 아마도 미암과 덕봉 부부를 상징하는 것으로 보인다.

2월 3일 낮에 담양의 반인(伴人)[116] 최윤회崔倫會의 집 종이 부인의 사통(私通)[117]을 가지고 창평昌平 등 여섯 고을을 두루 거쳐 왔는데, 부인의 편지도 왔다.

2월 8일 지난밤에 부인과 대화할 때 내가 조금 실수하자, 부인이 기뻐하지 않다가 조금 뒤에 풀렸다. 내가 사과했기 때문이다.

○ 부인과 딸이 내 용모와 안색이 초췌하다고 말하면서 마땅히 정기精氣를 아껴서 잘 보전해야 한다고 하니, 이것이 진짜 약이 되는 말이다.

2월 9일 부인이 인두印斗와 부녀자의 신발을 광문光雯의 처 고씨高氏에게 보내니, 또한 시어머니가 며느리를 기르는 의리이다.

○ 나는 부인과 상의하여 내년 봄에 담양으로 돌아가 수국리水國里에서 살자고 했다. 이 마을은 창평昌平에서도 산수가 좋은 곳이다. 창평현은 명양鳴陽[118]이라고도 부른다고 한다.

2월 19일 나는 식후에 부인과 서로 작별했는데, 부인이 욕정을 막고 기운을 보전하는〔窒慾保氣〕데 힘쓰라고 하여 내가 승낙하였다.

3월 30일 송진宋震이 첩책貼冊 종이를 붙여 만든 책에다 정부인貞夫人 덕봉의 시 38수를 손수 써가지고 왔다.

○ 해남에서 부인의 편지와 계집종 설매雪梅가 왔다. 첩의 편지도 왔는데 27일에 김종려金宗麗[119]를 사위로 맞는다고 했다.

---

116) 반인(伴人) : 조선시대에 종친·공신·당상관들을 수행하는 호위병. 반당(伴黨)·반아(伴兒)·반종(伴從)·반(伴)이라고도 한다. 병조의 승여사(乘輿司)에서 관리했으며, 서울에 사는 한량인(閑良人) 또는 전국의 무역인(無役人)을 뽑아 썼다.

117) 사통(私通) : 공사(公事)에 관하여 관원끼리 편지 따위로 사사로이 연락함. 또는 그 편지.

118) 명양(鳴陽) : 전라도 창평현은 명양 외에 굴지(屈支)·기양(祈陽)·명평(鳴平)으로 불린다.

119) 김종려(金宗麗) : 미암의 둘째 서녀의 남편이 된다. 본관은 안동(安東)이고 나중에 현감(縣監)을 지냄.

4월 1일 부인의 편지가 왔는데, 근래에 호랑이가 문 밖에서 주인집 어린 종을 물어갔다고 했다. 놀랄만한 일이다.

4월 11일 해남 사람이 왔다. 정부인의 편지에 이르기를, "경렴景濂 덕봉의 아들이 가지고 온 저의 정부인 교지와 도서圖書 도장인 듯함, 송진이 베낀 저의 시를 보고 매우 기뻐했답니다. 더욱이 시가 없어지지 않고 전해지게 되어 희비가 교차되었지요." 하였다.

5월 11일 정부인이 「새집을 짓고 기뻐서〔喜新舍詩〕」라는 시를 지었다.

5월 13일 부인의 편지가 왔는데, 단오에 오씨에게 시집간 누이, 광문光雯, 이유수李惟秀120), 오언상吳彦祥 오씨 누이의 아들과 더불어 새로 지은 집에서 노닐며 절구를 지었다고 하였다.

7월 5일 해남에서 노자를 받아 온 사람이 집에서 부친 편지를 가지고 왔다. 부인이 편지로 '담양의 석물石物121)을 늦추거나 소홀히 해서는 안 되는 이유'를 극진하게 설명하였다.

8월 10일 부인이 갑진년122)에 지은 '오허헌吾許軒'이란 시구가 다시 떠오른다.

8월 18일 아침에 해남의 부인에게서 온 편지를 보았다.

9월 2일 성천수成天授가 멀리 해남까지 갔다가 왔다. 부인이 편지로 알리기를, "전라 병사全羅兵使가 쌀과 콩 등 여러 가지 물건을 넉넉히 주었습니다." 하였다. 그에게 갈모〔笠帽〕를 주었다.

9월 13일 부인의 편지가 왔는데, "초3일 꿈에 당신이 가장 높은 나무를 오르기에 내가 우러러보았지요."라고 말하였다.

---

120) 이유수(李惟秀) : 원주이씨 이울(李鬱)에게 시집간 미암의 큰 누이의 아들이다.

121) 담양의 석물(石物) : 덕봉의 친정아버지 송준(宋駿)의 묘소에 비석을 세우는 일.

122) 갑진년 : 미암이 무장 현감(茂長縣監)으로 재직할 때인 1544년이다. 덕봉 24세 되던 해.

9월 19일 부인의 편지에 이르기를, "'월녀가 한 번 웃으니 삼년을 머무네.123)〔越女一笑三年留〕'라고 하는데, 당신이 사직하고 돌아오기가 어찌 쉽겠습니까." 하니, 내가 시로 화답하였다.

9월 22일 해남의 새집에 아직도 조금 수리하고 단장할 곳이 있었는데, 부인이 편지에서 이르기를, "당신이 내려오기를 기다렸다가 함께 나란히 들어갑시다." 하였다.

10월 5일 부인의 편지가 왔는데, "일찍이 송군직宋君直의 집에서 꿀을 구해다가 벌써 희첨환豨簽丸124)을 만들었다." 하였다.

10월 15일 부인이 지난해에 꿈에서 본 시 두 구절은, "가을 서리에 향기로운 국화 온통 노랗고, 봄비에 배꽃은 한껏 빛나누나.〔秋霜香菊十分黃 春雨梨花不數光〕"인데, 이에 이르러 비로소 증험되었다.

10월 21일 부인이 편지에서 이르기를, "안감으로 쓸 명주 3, 4필과 주목舟木 2근, 홍화紅花 몇 말을 속히 사서 보내 주세요." 하였다. 또 "이번 달 26일에 새 집으로 이사하고 내년 봄에 서울에 올라가지요."라고 하였다.

12월 2일 부인의 편지 속에 홀로 지내며 한탄하는 마음이 묻어있기에 내가 나무라며 풀어주었다.

임신년(1572, 선조5)

9월 17일 부인이 꿈에 어머니를 뵈었다고 한다. 생각건대 어머니는 만년에 이 며느리의 효성에 감동하여 북쪽 유배지(종성)까지 편지

---

123) 월녀(越女)가……머무네 : 월녀는 월나라 미인을 가리키며, 창려(昌黎)는 한유(韓愈)의 호이다. 이 시구는 한유가 유사명(劉師命)에게 지어준 「유생(劉生)」이란 시에 나온다. 유사명이 동쪽으로 양주(揚州)까지 가다가 월(越) 지방에서 미인에게 빠져 3년간 지체하였다고 한다. 여기서는 미암이 관직에 맛을 들여 쉽게 버리지 못할 것이라고 비유한 것이다.

124) 희첨환(豨簽丸) : 진득찰이라는 풀에 꿀을 섞어 만든 환약. 고혈압이나 중풍 예방에 좋은 약이다.

를 보내신 적이 있었고, 또 민희남閔喜男의 처에게도 말씀하셨다.

○ 부인이 사기沙器·뚝배기·김치·젓갈을 김종려金宗麗의 첩 해복海福125)
에게 보내고 소금도 보내주었다.

9월 20일 부인이 계집종에게 성을 내며 매질을 하였다.

10월 20일 부인과 태평의 즐거움을 같이 누리는 것을 서로 축하하
였다. 화기가 넘쳐서 부부의 정이 만년에 더욱 깊어간다.

10월 28일 닭이 울자 부인이 관광하기 위해 일찍 일어나 단장하고,
파루罷漏126) 전에 옥교屋轎127)에 올라 중추부中樞府의 바깥 행랑으로 나
아가니, 곧 대문의 남쪽인데 온돌도 있고 누각도 있었다. 미리 아들
경렴景濂을 시켜 불을 지펴 따뜻하게 하고 기다리도록 했다.

○ 부인이 저녁에 돌아와서 다 말하기를, "오늘 낮에 채붕綵棚과 윤
붕輪棚128)에서의 여러 놀이와 백관들이 승여乘輿와 용정龍亭129)을 호
위하는 장관을 보았는데, 황홀하여 마치 선경에 이른 것 같아 말
로 형용할 수 없고 평생 기이한 구경은 여기에 미칠 수 없을 것이
오." 하였다.

11월 11일 부인과 궁중에서 내린 좋은 배를 함께 먹었다. 맛이 상
쾌해 막힘이 없으니 최고 품질이라 이를 만하고, 술도 매우 맛이

---

125) 해복(海福) : 미암의 둘째 서녀(庶女)임.

126) 파루(罷漏) : 조선시대에 통행금지 해제를 알리기 위해 종을 치던 일. 다
   른 말 '바루·바래·바라'라고도 한다. 조선시대에는 주요도시마다 종을 쳐서
   성문의 개폐와 통금시간을 알렸다. 밤 10시경에 쳐서 통금을 알리는 종을
   인경〔人定〕이라 한 반면, 해제를 알리는 종을 파루라고 하여 5경3점(五更
   三點 새벽 4시경)에 종을 33번 쳤다. 이는 제석천(帝釋天)이 이끄는 33천
   (天)에 고하여 그날 하루 '국가의 태평과 민의 안정〔國泰民安〕'을 기원한
   다는 뜻이 담겨 있음.

127) 옥교(屋轎) : 나무로 집과 같이 꾸미고 출입하는 문과 창을 달아 만든 가마
   인데 주로 양반가의 부녀자가 탔다. 옥교자(屋轎子).

128) 채붕(綵棚)과 윤붕(輪棚) : 채붕은 오색 비단 장막을 늘어뜨린 다락으로 일종의
   장식 무대를 뜻함. 윤붕은 자세히 알 수 없으나 둥근 돔 형태의 무대인 듯하다.

129) 승여(乘輿)와 용정(龍亭) : 승여는 임금이 타는 가마이고, 용정은 왕실에서
   옥책·금보 등을 운반할 때 사용하던 수레로 '용정자(龍亭子)'라고도 한다.

좋아서 서로 경하하기를 그치지 않았다. 부인이 시를 지어 나에게 주었다.

12월 23일 부인이 어제 저녁에 말하기를, "옛날 기유년(1549, 명종 4) 정월에 '주상께서 사신을 보내어 희춘에게 궤장几杖 안석과 지팡이을 하사하는' 꿈을 꾸었는데, 그 지팡이 머리에 비둘기 모양이 새겨져 있어 부인이 그 지팡이를 받아 살펴보니, 사람들이 모두 기이한 꿈에 감탄하였지요." 하였다. 다음날 장인〔丈嶽〕130)에게 가서 고하자 장인이 말하기를, "이는 곧 1품의 벼슬아치가 주상에게 두터운 총애를 받는 성대한 일이다. 그러나 너희 남편이 지금 죄적罪籍 죄인의 명단에 들어있으니 삼가여 남에게 이 꿈을 얘기하지 말라." 하였다고 한다.

○ 부인이 붉은 비단옷을 마름질하는데 또한 처음 보는 일이다.

12월 26일 감태甘苔를 첨지僉知 서위徐偉의 부인에게 보냈다. 내 부인이 해의海衣 김·감태·감자柑子 홍귤·메밀쌀 등의 물건을 작고한 참의參議 김난상金鸞祥의 부인에게 보내니, 모두 옛 친구의 상喪을 도운 것이다.

○ 부인이 세주歲酒 설에 쓰는 술를 빚었는데 맛이 좋았다. 이는 새해의 좋은 징조이다. 이번 달 4일에 생신주生辰酒 생일날 마시는 술 또한 맛이 좋았다.

12월 29일 부인이 어제 새벽에 날이 밝기도 전에 일어나 제물祭物을 장만하다가 추위에 복통이 생겼는데 오늘 저녁에도 아직 낫지를 않았다. 이 때문에 제야除夜의 즐거움이 없다.

계유년(1573, 선조6)

1월 8일 부인이 지난밤 꿈에서 자기 몸이 공중으로 날아오르는 것

---

130) 장인〔丈嶽〕: 아내의 친정아버지. 장인은 큰 산〔嶽〕인데 그 꼭대기에 장인봉(丈人峯)이 있는 데서 나온 말이다.

을 보더니 홀연히 생각하기를, "너무 높이 날아오르면 끝내 추락함을 면치 못하리라."하고, 곧 나무위에서 그만두었다고 한다. 이는 나의 벼슬이 오르기는 하지만 끝까지 높아져서 위기를 밟는 것이 아니라 도리어 멈출 줄을 알아 위태롭지 않을 징조이다. 내 마음에 딱 들어맞는다.

1월 9일 부인이 내 코 밑에 새로 난 수염이 모두 검은 것을 보고 희첨환稀薟丸을 복용한 효과라고 말했다. 광문光雯도 보고 그렇다고 하니 이것이 어찌 천지 사이에 기이한 약이 아니겠는가.

1월 22일 경렴景濂이 내일 능소陵所 왕릉이 있는 곳로 돌아갔다가 호남으로 떠나기 때문에 부인이 친족에게 부칠 편지를 많이 썼다.

1월 23일 부인이 스스로 말하기를, "북으로 올 때 짐을 싣고 왔던 말을 미곡으로 바꾸어 두고 염산斂散131)하는 일을 한다." 하였다.

1월 27일 부인이 죽매竹梅132)에게 가창歌唱을 가르치기를 청하자, 나는 듣고 웃으면서 허락하였다.

2월 8일 부인이 말하기를, "당신의 나이가 예순이 넘어 기력이 벌써 쇠하니, 대기大忌133)에 반드시 3일 간이나 재계하면서 소식素食134)할 것이 아니라 마땅히 예법에 의거하여 2일만 행하시지요." 하니, 나

---

131) 염산(斂散) : 적렴조산(糴斂糶散)의 준말. 원래는 풍년이 들어 쌀값이 쌀 때에 관아에서 쌀을 사들였다가 흉년이 들어 쌀값이 비쌀 때에 백성에게 싸게 파는 일이다. 중국 제나라에서 시작되어 위(魏)나라에 이르러 갖추어진 제도로, 고려·조선 시대의 상평창, 의창(義倉) 따위는 이를 본뜬 것인데, 여기서는 덕봉이 살림의 방편으로 미곡을 거둬들이고 푸는 과정에서 차익을 얻은 것이다.

132) 죽매(竹梅) : 미암 집안의 계집종인데, 결국 전악(典樂)에게 해금(奚琴)을 배우게 되고, 덕봉이 마련한 중양절(重陽節)의 작은 연회에서 해금 연주를 하기도 한다.

133) 대기(大忌) : 매우 꺼려 금기(禁忌)하는 것. 일반적으로 선왕(先王)의 제사, 국가의 금령(禁令), 군사(軍事)와 중요한 금기(禁忌)를 뜻하는데, 여기서는 미암의 부모 제사를 지칭한다.

134) 소식(素食) : 제사 같은 것을 지낼 때, 그 전 며칠 동안 심신을 깨끗이 하며 부정한 일을 가까이 하지 않고, 고기나 생선 같은 음식을 먹지 않는 것.

도 그렇게 여겼다.

2월 17일 아침에 구성 부사龜城府使 신계원辛繼元의 첩이 부인의 친족으로서 자주색 비단옷을 보내왔는데 부인이 거절하였다. 나도 접때에 첨지僉知 임진林溍이 승상繩床135)을 보내려는 것을 사양하였다.

5월 16일 부인이 말하기를, "신미년(1571) 7월 해남에 있을 때에 곤궁하여 지탱할 수가 없었는데, 사위 윤관중尹寬中이 목사牧使 윤행尹行에게 알려 쌀 16섬을 크게 도움 받아 추수철을 기다릴 수 있었답니다." 하였다.

6월 6일 파루罷漏136) 뒤에 일어나 빗질하고 세수하였다. 마루를 쓸고 날이 밝으려 할 때에 광문光雯을 데리고 제사를 지냈는데 제물祭物이 정갈하고 푸짐하였다. 부인이 내조한 힘이다.

6월 29일 신봉申鳳137)의 부음이 왔다. 부인이 그를 위하여 하루를 소식素食했다.

9월 2일 아침에 부인이 두꺼운 버선을 보내왔다. 날씨가 추워 내 발이 차가울까 염려해서이다.

9월 3일 부인의 한글 편지〔諺書〕가 왔다. 꿈에 배를 타고 큰 내를 건넜다고 하니, 곧 승진할 징조이다.

9월 10일 닭이 울자 일어나 머리 빗고 세수하고 관대冠帶를 하고 깨끗한 붓과 깨끗한 물로 증조曾祖 이하 3세世 6위位의 지방과 축문을 정성들여 썼다. 날이 밝기 전에 제사를 지냈는데 제물이 정갈하고 푸짐하였다. 부인이 장만하여 차려준 힘이다. 날이 밝으려 할 때에 제사가 끝났는데 이 제사에서 비로소 음복飮福하였다.

---

135) 승상(繩床) : 휴대하기에 편리한 걸상. 직사각형의 가죽 두 끝에 네모진 다리를 대어 접고 펼 수 있다.

136) 파루(罷漏) : 조선시대에 오경 삼점(五更三點)에 큰 쇠북을 서른세 번 치던 일.

137) 신봉(申鳳) : 덕봉의 가까운 인척으로 보인다.『미암일기』초본에서 "신봉의 누이 아들 오천수가 찾아와 인사하니 곧 부인의 서얼 5촌 조카이다.〔申鳳之妹子吳天授來謁 乃夫人擘五寸姪也〕"라고 하였다.

9월 28일 서쪽 책장에서 책을 찾았다. 부인의 부지런함에 힘입어 『여동래집呂東萊集』 1책과 『회암집晦菴集』 1책을 찾아 곧장 옥당玉堂 홍문관(弘文館)의 별칭과 동지同知 윤근수尹根壽의 처소로 돌려보냈다.

11월 7일 부인의 편지가 왔는데, "지난 밤 꿈에 해가 중천에 이른 것을 보았다."고 했다. 크게 길할 징조이다.

11월 16일 밤에 부인과 장기〔象戲〕138)를 두었다.

11월 18일 부인이 경신년(1560, 명종15)에 종성으로 간 이후부터 살갗에 바람을 맞아 식은땀이 물 흐르는 것 같았다. 신미년(1571, 선조4) 7월에 희첨환稀莶丸을 복용하기 시작하여 복용한지 2년 만에 풍증風症과 땀이 조금 덜하였고, 3년째인 올 가을에 쾌차하였다. 정묘년(1567)부터 배꼽아래에 침과 뜸을 놓고 배꼽 위는 뜸을 하지 않은 뒤로 비장과 위장이 걸리고 더부룩하여 음식 생각이 나지 않았고 더욱이 국도 마실 수 없었다. 올해 9월 보름부터 평위원平胃元139)을 복용하기 시작하여 20일이 지나자 점차 비장과 위장이 편안해지고 음식 생각도 나게 되었다. 이 두 가지 병이 모두 금년에 치료됐으니 어떤 경사가 이와 같겠는가.

11월 24일 부인이 충주에서 일어난 기유옥사己酉獄事140)에 양인良人으로 무과에 급제하여 한성부 참군漢城府參軍이 되었다가 원통하게 죽은 사람의 아내를 보고 측은한 마음을 이기지 못하여 웃옷과 속옷, 동화童靴,141) 양곡과 콩을 주었으며, 딸도 버선 등의 물건을 주

---

138) 장기〔象戲〕 : 상기(象棊)라고도 하는데 원래 장기의 짝을 상아로 만들었다.

139) 평위원(平胃元) : 위장을 편안하게 해주는 약.

140) 기유옥사(己酉獄事) : 기유년(1549, 명종4)에 충주에 사는 이홍남(李洪男), 이홍윤(李洪胤) 형제의 난언(亂言)이 상주(上奏)되어, 이홍남이 모역죄로 몰려 그의 아우 이홍윤 등이 능지처참(凌遲處斬) 당하는 한편 이에 연루된 많은 사람들이 화를 입은 사건이다. 윤원형 일파가 정권을 잡는 과정에서 철저히 이용한 일종의 사화(士禍)였다. 이 옥사사건으로 인해 충주는 유신현(維新縣)으로 강등되었다가 선조 원년(1568)에 충주목(忠州牧)으로 회복되었다.

141) 동화(童靴) : 주로 여인들이 착용하는 신발인데, 어떤 모양인지 자세히 알 수 없다.

었다.

12월 20일 딸과 해복海福 미암의 서녀(庶女)이 오늘이 부인의 생신이라 하여 우리 두 사람에게 축수祝壽하는 술자리를 함께 마련해줬다. 딸, 사위 윤관중尹寬中, 해복이 차례대로 축수의 잔을 올렸고 과일상은 간소했다.

갑술년(1574, 선조7)

1월 8일 흰죽 한 동이를 쑤어서 참판 김계金啓의 빈소에 보내니, 부인과 일보는 사람들이 모두 마셨다.

2월 9일 아내가 말하기를, "시어머니의 말씀을 들어보니, '갑술년(1514) 봄에 온 집안이 역병疫病 유행성 전염병에 걸렸는데, 태어난 지 몇 개월 되지 않은 희춘希春만 홀로 면하였다.'하더군요. 올해는 정덕正德 갑술년으로부터 돌고 돌아 61년째 되는 해입니다." 하였다. 내가 말하기를, "정덕 갑술년 2, 3월에 겪은 온 집안의 역병에 대해서는 희춘도 어려서부터 들어 알고 있지요. 어머니의 꿈에 천사가 희춘에게 옷을 주는 것을 보았는데 조금 뒤에 과연 역병을 면했다고 하오. 이제 딱 환갑이 되었으니, 어찌 예정된 것이 아니겠소." 하였다.

2월 26일 부인이 해성海成 미암의 서녀(庶女)이 짐을 꾸려 고향으로 돌아가는데 사정이 궁핍할까 싶어 5승목升木 2필匹을 주었다. 어질고 자애로운 마음이 지극하다.

3월 19일 부인이 취중에 시를 읊자 〔醉中吟詩〕 내가 차운하였다.

4월 2일 부인이 박백응朴伯凝142)의 모친을 위하여 변식變食143)을 3일

---

142) 박백응(朴伯凝) : 자는 혼원(混元), 당시에 유향소(留鄕所)의 좌수(座首)를 맡았다. 어머니는 임씨(林氏)이다.
143) 변식(變食) : 『논어』「향당(鄕黨)」에 "재계할 때에 반드시 음식을 바꾸며 〔齊必變食〕"라는 부분의 주석에 "'음식을 바꾼다. 〔變食〕'는 것은 술을 마시지 않고 마늘을 먹지 않는다는 것을 말한다."라고 하였다.

간 하였다. 옛날에 알아주고 사랑해주었음을 떠올리자 느꺼웠기 때문이다.

4월 4일 밤에 부인이 기러기가 남쪽으로 가듯이 고향으로 돌아가자고 강력히 주장하자, 나는 시초점蓍草占144)으로 결정하겠다고 했다.

4월 25일 날이 저물어 부인이 신문新門 밖 김 참의金參議 김난상(金鸞祥) 부인 댁에서 돌아왔다. 이 날 참의의 계후자繼後子 계통을 잇는 양자인 호변虎變이 자기 어머니의 생신에 헌수獻壽하는 잔치를 마련하고, 내 부인에게 모이자고 청하므로 부인이 은우恩遇 미암의 외손녀를 데리고 갔다. 경기 감사京畿監司 박소립朴素立의 부인도 와서 서로 환담을 나누며 마셨고, 또 좌중이 모두 내 부인의 용모와 언사, 은우의 안색과 행동거지에 탄복했다고 한다.

4월 27일 부인이 계집종 옥지玉枝를 보내 김 참의와 박 감사의 부인들에게 사례를 하니, 두 부인이 깊이 감동하였다. 박 감사의 부인 손씨孫氏가 안으로 끌고 들어가 몸소 잔을 잡고 술을 권하자, 옥지가 감읍하여 마시고 취하여 돌아왔다. 대개 박 감사의 부인이 내 부인을 한 번 보고 사랑과 기쁨을 이기지 못하여 다시 만나보기를 깊이 원한 것이니, 그 주인을 존경하고 사모함이 심부름꾼에게까지 미친 것이다.

5월 1일 지난번에 『상서尙書』의 "만약 술과 단술을 만들거든 네가 누룩과 엿기름이 되도록 하라.〔若作酒醴 爾惟麴蘖〕"는 부분을 교정하는데, 『서집전書集傳』에 이르기를, "술에 누룩이 많으면 쓰고, 엿기름이 많으면 달다." 하였다. 홍문관 내에서는 얼蘖이 어떤 물건인지 자세히 알지 못하였다. 어제 내가 부인에게 물어보니, "얼은 곧 대맥大麥 보리이나 소맥小麥 밀을 물에 담가 짚단으로 싸서 뜨거운

---

144) 시초점(蓍草占) : 시초(蓍草 일명 납가새풀)라는 상서로운 풀로 길흉을 점치는 것이다. 한 뿌리에서 백 줄기가 자란 시초는 그 밑에 반드시 신구(神龜)가 지키고 있고 그 위에는 항상 푸른 구름이 덮고 있다고 한다. 『史記卷128 龜策列傳』

곳에 두면 자연히 발아합니다. 그것을 취하여 햇빛에 말리거나 불에 말려 빻아서 가루를 만듭니다. 술을 만들 때 넣으면 달게 되니 누룩 가루와 약간 섞으면 좋습니다.”라고 답하였다. 나는 이 날 새벽에 아내와 동료가 된 셈이다.

5월 20일 부인이 서책을 정리하였다. 가로로 쓰인 제목을 살펴보면서 열람하고 싶은 책을 뽑게 되니, 매우 반갑고 기뻤다.

5월 24일 부인이 사위 윤관중尹寬中을 위하여 말안장을 만들었는데 안장이 매우 좋았다.

6월 4일 어제 저녁에 부인이 나에게 금년은 남쪽이 오귀五鬼145)의 방향이니 돌아가서는 안 된다고 매우 간곡하게 말하였다. 나는 “금년엔 남쪽이 오귀의 방향이지만 서울에서 해남으로 간다면 충艸의 방향이어서 해로움이 없을 것이오. 그러나 마땅히 점을 쳐서 결정함이 옳을 것입니다.”라고 말하고, 김민金敏을 불러서 점을 치기로 하였다.

6월 29일 부모는 딸자식에게 총애를 다 쏟으며 대우했는데 딸은 성품과 행실이 어그러져 어제 계집종에게 성을 내더니 어머니에게까지 욕을 해댔다. 내 꾸지람을 듣고도 또 스스로 지나친 말을 쏟아내자, 부인이 “이처럼 사납고 어그러진 딸년과는 함께 살 수 없다.” 하였는데 내가 크게 꾸짖어서 꺾어버렸다.

8월 26일 부인이 애매하게 군적軍籍에 든 변간邊澗146)을 구제해달라고 매우 간곡하게 부탁했다. 친정 언니의 큰아들이기 때문이다.

9월 9일 부인이 아름다운 중양절重陽節이라 하여 조촐한 술자리를 베풀고 죽매竹梅와 굿덕 [㖰德] 에게 해금奚琴을 타게 했다. 아들 경

---

145) 오귀(五鬼) : 점술가가 말하는 악살(惡煞) 중의 하나. 28수(宿) 중 귀수(鬼宿)의 다섯 번 째 별에서 상(象)을 취한 것이다. 오귀살(五鬼煞)이라고도 한다. 남녀를 불문하고 질병이 오게 되고 모든 일에 장애가 많으며 귀신(鬼神)이 잘 따른다는 살이다.

146) 변간(邊澗) : 덕봉의 친정 언니가 낳은 아들. 언니는 황주 변씨(黃州邊氏) 생원 변수정(邊守楨)에게 시집갔다.

렴景濂, 사위 윤관중尹寬中, 이질姨姪 변간邊澗이 차례로 일어나서 춤을 추니 우리 부부는 매우 기뻤다. 은우恩遇의 모녀도 흐뭇한 표정이다. 윤관중이 먼저 절구絶句의 시를 지었다.

9월 12일 병풍을 만드는 장인이 와서 일을 하였다. 부인이 부른 것이다. 부인이 휴지를 뒤지다가 오씨 누이의 집터와 노비에 대한 상환문기相換文記를 찾아내니 매우 기뻤다.

○ 부인이 아침에 이응복李應福147)이 필사한 『신증유합新增類合』148)을 통해 글자 쓰기를 배우는데 가르칠 만한 자질이 있었다.

9월 15일 금년 여름에 쌀 2말을 화공畵工 윤인걸尹仁傑에게 주고 8첩疊 병풍을 그리게 하였다. 부인이 지난달부터 도배장塗褙匠 효도금孝道金을 불러서 틀을 짜 제작케 하여 오늘에야 끝이 났는데 완벽하고 치밀하여 볼만하였다. 이후로 조상에게 제사를 지낼 때에 다시는 남에게 빌리지 않아도 되겠다. 모두가 부인의 사물을 이루는 지혜 때문이니 나의 생각은 미칠 바가 아니다.

9월 25일 내가 옥당에 있을 때에 새로 급제한 이연복李延福과 정상鄭詳이 집으로 찾아와 인사하니, 부인이 술과 무명베 반 필을 이연복에게 주고 술과 쌀, 콩을 정상에게 주었다.

을해년(1575, 선조8)

11월 6일 나는 부인과 장기 두 판을 두고 그쳤다. 책을 편수하느라

---

147) 이응복(李應福) : 당시에 교서관 저작(校書館著作)으로, 미암이 편찬한 『신증유합(新增類合)』을 필사한 장본인이며, 그 외에 미암 집안의 서책을 다수 필사하거나 책 제목을 썼던 인물이다.

148) 『신증유합(新增類合)』 : 조선시대 한자 학습 입문서. 미암이 당시에 쓰이던 작자 미상의 『유합(類合)』을 증보·편찬하여 1576년(선조9)에 2권 1책으로 편찬했다. 『유합』은 조선 초기부터 『천자문』과 함께 초학서(初學書)로 사용되었다. 미암은 편찬 동기를 "종래의 『유합』에 요긴한 한자가 많이 빠져 있고 불교를 숭배하고 유교를 배척했기 때문"이라고 서문과 발문에서 밝히고 있다. 책의 내용으로는 권상(卷上)에 수목(數目)·천문·중색(衆色) 등 24항목 1,000자, 권하(卷下)에 심술(心術)·동지(動止)·사물의 3항목 2,000자가 실려 있다.

겨를이 없기 때문이다.

12월 27일 어제 저녁에 송제민(宋濟民)[149]이 술병과 과일을 가지고 찾아왔다. 나는 부인과 함께 받아 마셨는데, 이는 그의 어머니가 보낸 것이다.

○ 부인이 광문(光雯)을 통해서 백공(白公) 인걸(仁傑)이 장기를 둘 때에 먼저 궁(宮)을 단속한다는 말을 듣고 곧장 본받아 그렇게 두었다. 나는 차(車)를 떼고 두었으나 이기지 못하여 곧 포(包)만 떼었다.

12월 28일 내가 외신(外腎)[150]의 차가운 곳에 누런 개의 가죽을 붙이려 하자, 부인이 광문(光雯)과 담덕(淡德)의 말을 따라 하나의 거포(擧布)[151]를 만들어 배치하여 나에게 착용케 하니 매우 좋았다.

병자년(1576, 선조9)

11월 11일 희춘이 선계(先戒)[152]를 기술한 시 한 구절을 지었는데, 부인이 나에게 말하기를, "시를 짓는 방법은 있는 그대로 말하여 글을 쓰는 것처럼 해서는 안 됩니다. 마땅히 산에 오르고 바다를 건너는 것으로 시작하되 끝에 가서 벼슬살이를 말하는 것이 옳겠지요." 하였다. 나는 눈이 휘둥그레졌다가 부인의 말을 따라서 다시 시를 지었다.

---

149) 송제민(宋濟民) : 1549~1601. 본관은 신평(新平). 개명은 제민(齊民), 호는 해광(海狂), 정자(正字) 정황(庭篁)의 아들이다. 이지함(李之菡)의 문하에서 공부하였는데 글재주가 뛰어났다. 호방한 성격에 구속을 싫어하여 벼슬을 하지 않았다. 임진왜란이 일어나자 양산룡(梁山龍) 등과 의병을 일으켜 김천일(金千鎰)의 막하에서 전라도 의병조사관으로 활약하다가 이듬해 다시 김덕령(金德齡)의 의병군에 가담하였다. 김덕령이 옥사하자 종일토록 통곡하고 『와신기사(臥薪記事)』를 저술하였다. 또 척왜만언소(斥倭萬言疏)를 올려 왜적을 물리칠 여러 방안을 피력하였으나 이것이 감사의 미움을 사게 되어 이후 무등산에 은거하면서 세상을 잊고 살았다. 『해광유고』가 있다.

150) 외신(外腎) : 고환. 내신(內腎)인 콩팥에 상대하여 이르는 말.

151) 거포(擧布) : 여기서는 고환을 감싸는 베. 장례 때는 시신을 드는 베로, 세속에서 시신의 겨드랑을 감싸서 들 때 쓴다.

152) 선계(先戒) : '미리 경계함' 또는 '선조의 훈계'라는 뜻으로 풀이할 수 있다.

여러 학자들의 기록과 서술
諸家記述

○ 미암眉巖 유희춘柳希春은 을사년의 사화153)에 연루되어 종성鍾城으로 유배와 19년을 궁벽한 곳에 살면서 고생하였다. 만권의 책을 독파하고 『속몽구續蒙求』154)를 지어 배우는 사람들에게 혜택을 주니, 길주吉州 북쪽에서 따르는 학자가 매우 많았다. 북방 사람들이 지금도 그를 '유 정언柳正言'155)이라 칭송하니 정언 벼슬을 하다가 유배되었기 때문이다. 그 부인 또한 문장에 능하였는데, 홀로 만리 길을 떠나 종성에 있는 미암에게 가다가 마천령磨天嶺을 지나면서 시를 지었다.

걷고 또 걸어 마천령에 이르니	行行邃至磨天嶺
동해는 거울처럼 끝없이 펼쳐있구나	東海無涯鏡面平
부인의 몸으로 만리 길 어이 왔는가	萬里夫人何事到
삼종의리 중하니 이 한 몸 가벼운 것을	三從義重一身輕

---

153) 을사년의 사화 : 1545년에 인종이 죽자 새로 즉위한 명종의 외숙인 소윤(小尹)의 거두 윤원형이 인종의 외숙인 대윤(大尹)의 거두 윤임 일파를 몰아내는 과정에서 대윤파에 가담했던 사림이 크게 화를 입었던 사화이다.

154) 『속몽구(續蒙求)』 : 미암이 중국 후당(後唐)의 이한(李瀚)이 지은 『몽구(蒙求)』에 빠진 부분을 보충하고 새로운 항목을 추가해 주석을 붙인 책으로, 4권 4책의 필사본이다.

155) 유 정언(柳正言) : 미암은 을사사화(1545년, 33세)로 파직되었고, 양재역 벽서 사건(1547년, 35세)으로 제주도에 유배되었다가 종성으로 이배(移配)되었다. 파직 당시의 벼슬이 사간원 정언(司諫院正言)이었다.

이 시는 성정性情의 바름을 얻었다고 평할 만하다.『부계기문涪溪記聞』156)에 나온다.

○ 미암이 을사년의 사화에 연루되어 정언正言 벼슬로 종성鍾城에 유배되었다. 그 부인이 홀로 만리 길을 떠나 종성에 있는 미암에게 가다가 마천령磨天嶺을 지나면서 시를 지었다.

걷고 또 걸어 마천령에 이르니	行行遂至磨天嶺
동해는 거울처럼 끝없이 펼쳐있구나	東海無涯鏡面平
부인의 몸으로 만리 길 어이 왔는가	萬里夫人何事到
삼종의리 중하니 이 한 몸 가벼운 것을	三從義重一身輕

이 시는 성정性情의 바름을 얻었다고 평할 만하다.『동국시화휘성東國詩話彙成』157)에 나온다.

○ 미암 유희춘이 을사년의 사화에 연루되어 종성鍾城에 유배되었다. 그 부인이 홀로 만리 길을 떠나 종성에 있는 미암에게 가다가 마천령磨天嶺을 지나면서 시를 지었다.

---

156) 『부계기문(涪溪記聞)』: 김시양(金時讓, 1581~1643)의 저술이다. 위의 내용은 『패림』 6집에 수록되어 있다. 김시양의 본관은 안동. 초명은 시언(時言), 자는 자중(子仲), 호는 하담(荷潭), 시호는 충익(忠翼)이다. 세자시강원·전라도 도사·평안도 관찰사·병조 판서·강화 유수·호조 판서 등을 역임하고, 1636년에는 청백리에 뽑혔다. 저서에 『하담파적록』·『하담집』·『부계기문』 등이 있다.

157) 『동국시화휘성(東國詩話彙成)』: 홍중인(洪重寅, 1677~1752)의 저술이다. 이 책은 홍중인 당대까지의 우리나라 역대 시화(詩話)를 체계적으로 휘편(彙編)한 책이다. 홍중인의 본관은 풍산, 자는 양경(亮卿), 호는 화은(花隱)이다. 1714년(숙종40)에 성균관 유생이 되었고, 선릉 참봉·한산 군수·원주 목사를 지냈다. 편서로 『아주록(鵝州錄)』·『이기설(理氣說)』·『사칠변증(四七辨證)』 등이 있다.

걷고 또 걸어 마천령에 이르니 　　　　行行遂至磨天嶺

동해는 거울처럼 끝없이 펼쳐있구나 　　東海無涯鏡面平

부인의 몸으로 만리 길 어이 왔는가 　　萬里夫人何事到

삼종의리 중하니 이 한 몸 가벼운 것을 　三從義重一身輕

이 시는 성정(性情)의 바름을 얻었다고 평할 만하다. 『동국시화(東國詩話)』158)에 나온다.

○ 미암 유희춘은 선조 초에 정성을 다하여 정치에 힘썼다. 공은 종성(鍾城)에 19년 동안 유배되었다. 그 부인이 문장에 능하였는데, 홀로 만리 길을 떠나 미암에게 가다가 마천령(磨天嶺)에 이르러 시를 지었다.

걷고 또 걸어 마천령에 이르니 　　　　行行遂至磨天嶺

동해는 거울처럼 끝없이 펼쳐있구나 　　東海無涯鏡面平

부인의 몸으로 만리 길 어이 왔는가 　　萬里夫人何事到

삼종의리 중하니 이 한 몸 가벼운 것을 　三從義重一身輕

이 시는 온 세상 사람들이 전하여 외웠다. 『섬천만필(蟾泉謾筆)』159)에 나온다.

○ 미암 유희춘은 을사사화로 종성(鍾城)에 유배되자, 노소재(盧蘇齋)160)

---

158) 『동국시화(東國詩話)』: 편찬자는 미상이다. 신라 이하 조선조 숙종 때까지의 시화를 시대 순서로 수록하였다. 책의 내용은 대부분 역대 시화서에서 발췌한 내용을 그대로 옮겨 실었다.

159) 『섬천만필(蟾泉謾筆)』: 임렴(任廉, 1779~1848)의 저술이다. 임렴이 편찬한 『양파담원(暘葩談苑)』에 수록되어 있다. 임렴의 본관은 풍천, 자는 직여(直汝)이다.

160) 노소재(盧蘇齋): 소재는 노수신(盧守愼, 1515~1590)의 호이다. 본관은 광주

가 시詩161)를 부쳤다.

해남 땅에 팔십 노모 계시건만	海南八十偏親在
북방 삼천 리 아들 홀로 떠나네	塞北三千獨子行
물감 있으나 그림 그릴 수 없으니	縱有丹靑不能畫
이 시로 이 내 심정 말하련다	賴敎吾說此間情

　미암은 종성에서 19년이나 귀양을 살았다. 그 부인이 문장에 능하였는데, 홀로 길을 떠나 미암에게 가다가 시를 지었다.

걷고 또 걸어 마천령에 이르니	行行遂至磨天嶺
동해는 거울처럼 끝없이 펼쳐있구나	東海無涯鏡面平
부인의 몸으로 만리 길 어이 왔는가	萬里夫人何事到
삼종의리 중하니 이 한 몸 가벼운 것을	三從義重一身輕

　이 내용은 『시화초성詩話抄成』162)에 나온다.

○ 미암 유희춘은 을사년의 사화에 연루되어 종성으로 유배와 10여 년을 궁벽한 곳에 살면서 고생하였다. 만권의 책을 독파하고 『속몽구續蒙求』를 지어 배우는 사람들에게 혜택을 주었다. 그 부인 또한 문

　(光州), 자는 과회(寡悔), 호는 소재·이재(伊齋)·암실(暗室)·여봉노인(茹峰老人)이다. 시호는 문의(文懿)이며, 뒤에 문간(文簡)으로 바뀌었다. 1547년(명종2) 윤9월 양재역 벽서사건(良才驛壁書事件)에 연루되어 진도에서 19년간 귀양살이를 하였다. 이 사건으로 유희춘·이언적·정황·백인걸 등 20여 명이 유배되었다. 저서에 『소재집』이 있다.

161) 시(詩) : 『소재집』권2에 「聞仁仲出海向塞」라는 제목으로 실려 있다. 끝 구절에 약간의 차이가 있다. "海南八十偏親在 塞北三千獨子行 縱有丹靑不能畫 賴吾能說此間情"

162) 『시화초성(詩話抄成)』: 편찬자는 미상이다.

장에 능하였는데 홀로 만리 길을 떠나 종성에 있는 미암에게 가다
가 마천령磨天嶺을 지나는 길에 시를 지었다.

걷고 또 걸어 마천령에 이르니   行行遂至磨天嶺

동해는 거울처럼 끝없이 펼쳐있구나   東海無涯鏡面平

부인의 몸으로 만리 길 어이 왔는가   萬里夫人何事到

삼종의리 중하니 이 한 몸 가벼운 것을   三從義重一身輕

이 내용은 『동시총화東詩叢話』163)에 나온다.

○ 두보杜甫의 시를 두고 '시의 극치〔詩之至〕'라고 말하는 것은
시어나 필치가 웅장하고 화려하기 때문만은 아니다. 그 성정과 기
상이 윤리에서 나오고, 충심과 자애로 애달파함이 언어 밖으로 흘
러넘쳐, 한漢나라와 위魏나라 이후의 시인들이 미칠 바가 아니었다.
「애왕손哀王孫」·「증사형贈四兄」·「삼리三吏」·「삼별三別」·「상춘傷春」·「유감有
感」·「억석憶昔」등의 시는 시를 읊조리는 사람으로 하여금 마음 속
깊이 사무치게 한다. 『시경』의 「동산東山」·「파부破斧」·「상체常棣」·「육
아蓼莪」등의 시와 더불어 고금의 절창이어서 명교名教 유교의 명분과 윤
리에 보탬이 크다고 하겠다. 기타 짧은 문장이나 구절 중에 흥興·관
觀·군群·원怨164)은 다 거론할 수가 없다. 뒷날 시를 짓는 사람들은
다만 가슴에 품은 회포가 없는 까닭에 사람을 감동시킬 수가 없
다. 문장이 번거로워 쓸데없이 길고 화려하게 꾸며대니, 무슨 이로

163) 『동시총화(東詩叢話)』: 편찬자는 미상이다.
164) 흥(興)·관(觀)·군(群)·원(怨) : 『논어』「양화편」에서 "시는 의지를 흥기시킬
　　　수 있고, 정치의 득실을 관찰할 수 있고, 무리를 지을 수 있고, 잘못을 비판
　　　할 수 있고, 가까이는 어버이를 섬길 수 있고, 멀리는 임금을 섬길 수 있고,
　　　새와 짐승, 풀과 나무의 이름을 많이 알게 한다.〔詩 可以興 可以觀 可以羣
　　　可以怨 邇之事父 遠之事君 多識於鳥獸草木之名〕"고 하였다.

운 일이 있겠는가. 우리 조선에 미암眉巖 유희춘柳希春의 부인은 종성
鍾城 유배지를 따라 가다가 시를 지었다.

걷고 또 걸어 마천령에 이르니	行行逡至磨天嶺
동해는 거울처럼 끝없이 펼쳐있구나	東海無涯鏡面平
부인의 몸으로 만리 길 어이 왔는가	萬里夫人何事到
삼종의리 중하니 이 한 몸 가벼운 것을	三從義重一身輕

청음淸陰 김상헌金尙憲은 병자호란 뒤에 시를 지었다.165)

남쪽 밭길 북쪽 논길 밤은 깊어 삼경인데	南阡北陌夜三更
달을 보고 바람 따라 외롭게 길을 가네	望月西風獨自行
하늘과 땅 무정하고 사람들 다 잠들었으니	天地無情人盡睡
백 년의 이 회포를 누굴 향해 쏟아낼꼬	百年懷抱爲誰傾

소암疎庵 임숙영任叔英이 인조반정 뒤에 숙직하며 시를 지었다.166)

뭇 간흉 죽여 없애니 큰 윤리 바르게 되고	戮盡羣凶正大倫
주나라는 오래되었으나 명맥은 오직 새롭도다	周邦雖舊命維新
천년 만에 다시 황하의 물 맑은 것을 보고	一千再覩黃河澈
스물여덟에 거듭 백수의 진인을 만났도다167)	四七重逢白水眞

---

165) 청음(淸陰)……지었다 : 김상헌(1570~1652)의 『청음선생집』 권3에는 「야기
독행(夜起獨行)」이라는 제목으로 실려 있는데, 이곳에 인용된 시와 몇 군데
차이가 있다.
166) 소암(疎庵)……지었다 : 임숙영(1576~1623)의 『소암선생집』 권1에는 「반정
후재숙유감(反正後齋宿有感)」이라는 제목으로 실려 있다.
167) 스물여덟에……만났도다 : 인조가 반정을 일으킨 것을 말한다. 인조반정은
1623년에 일어났고, 이 때 인조의 나이는 28세였다. 백수는 중국 남양(南陽)
의 백수현(白水縣)으로, 후한(後漢) 광무제(光武帝) 유수(劉秀)가 여기에서
일어나 백수진인(白水眞人)으로 일컬어졌다. 기운을 잘 보는 왕망(王莽)의

가부를 불러 돌아왔으니 선실의 밤이요168)	賈傅召還宣室夜
소경은 돌아와 무릉의 봄빛을 알현하였네169)	蘇卿歸謁茂陵春
조용한 방 홀연히 어렴풋한 꿈 깨고 나니	齋房忽罷依俙夢
두견새 소리에 늙은 신하 눈물짓노라	蜀魄聲中泣老臣

　　이상 여러 편의 시에서 성정性情의 바름을 볼 수 있는데, 사람의 마음을 감동시키고 시어도 또한 매우 뛰어나다. 『암서집嚴棲集』170)「잡지雜識」에 나온다.

　　사자가 남양 땅에 이르러 그가 거처하는 용릉(春陵) 지역을 멀리서 바라보고는 "기운이 성대하게 일어나는 것을 보니, 왕자(王者)가 일어나 천명을 받을 곳임이 분명하다." 하였다. 『後漢書 卷1 光武帝紀』

168) 가부(賈傅)를……밤이요 : 가부는 전한(前漢) 문제(文帝) 때 양(梁)의 태부(太傅) 가의(賈誼)를 가리킴. 나이 20세에 발탁되어 박사(博士)에서 태중 대부(太中大夫)가 되었으나, 뒤에 모함을 받아 장사왕(長沙王)의 태부(太傅)로 좌천되었다가, 다시 양 회왕(梁懷王)의 태부가 되었다. 선실은 한(漢)나라의 미앙전전(未央前殿) 정실(正室). 『설문(說文)』에 천자의 선실(宣室)이라 되어 있음. 한나라 효문제(孝文帝)가 제사에 음복을 받고, 선실에 앉아 귀신의 일에 감동하여 가의(賈誼)에게 귀신의 근본을 묻고 그가 설명을 하자 자리 앞으로 바싹 다가앉아 들었다 함. 『史記 賈誼傳』

169) 소경(蘇卿)은……알현하였네 : 소경은 소무(蘇武)를 가리킨다. 『한서』「소무전(蘇武傳)」에, "흉노(匈奴)가 소무를 북해의 사람 없는 곳에 옮겨두고 숫양을 기르게 하면서 숫양이 새끼를 낳게 되면 돌아가게 한다 하였다." 하였다. 여기서 무릉은 한나라 무제의 능호이다.

170) 『암서집(巖棲集)』 : 조긍섭(曹兢燮, 1873~1933)의 문집. 조긍섭의 본관은 창녕, 초명은 인섭(麟燮), 자는 중근(仲謹), 호는 암서(巖棲)·심재(深齋)이다. 문박(文樸)·이건창(李建昌)·김택영(金澤榮)·황현(黃玹) 등과 교유하였다.

간행 후기

　　누구나 기나긴 생의 여정에서 문득 뒤를 돌아보는 기회를 갖습니다. 그리곤 자신이 걸어온 발자국이 어느새 선조의 발자취와 연결되어 있음을 깨닫게 됩니다. 저마다 삶의 여정은 다르지만, 결국 자신의 몸이 조상으로부터 왔기 때문일 것입니다.

　　저는 유학정신이 뿌리 깊은 선비 집안에서 태어났고, 홍주송씨_{洪州宋氏} 후손이라는 자부심을 갖고 살아왔습니다. 12대조인 해광_{海狂} 송제민_{宋齊民} 할아버지께서 임진왜란 때에 보여준 구국항쟁이 저의 유년 시절을 투철하고 강직하게 이끌어준 정신적 신화가 되었기 때문입니다. 그러나 경영인으로서 사업에 몰두하다 보니 문중 일에 큰 관심을 기울이지 못하였습니다. 그러던 중에 평소 교류하던 몇몇 대학교수로부터 사료연구와 고증을 통해 밝혀진 우리 문중의 걸출한 인물들에 대해 좀 더 상세한 얘기를 듣게 되었습니다.

　　임진왜란에 호남의병의 표상이셨던 해광 송제민 선조, 화순 적벽의 물염정을 만드신 청심헌 송구_{宋駒} 선조, 미암 유희춘_{柳希春} 선생의 부인이자 여성시인이셨던 송덕봉_{宋德峰} 선조는 호남의 인물사에서 결코 빠질 수 없는 분들이셨습니다. 그 동안 한국의 문학자들은 조선시대를 빛낸 여성시인들로 흔히 신사임당과 허난설헌 등을

거론해왔습니다. 그러나 이들과 거의 동시대에 어깨를 나란히 할
만한 뛰어난 여성지식인 송덕봉은 우리 홍주송씨가 배출한 인물이
고, 특히 덕봉이 남긴 시문집 『덕봉집德峰集』은 우리나라 최초의 여
성문집이라는 평가를 접하게 되었습니다.

　흙속에 묻힌 진주를 발굴하는 사업, 더구나 선조를 현양하는 사
업이기에 저는 이 일에 열정을 쏟고자 마음먹었고, 마침 이 사업을
조선대학교 고전연구원장 이종범 교수에게 의뢰하였습니다. 이종범
원장과 여러 교수님들, 그리고 연구원들께서 성심을 다하여 자료를
수합하고 연구를 해주신 결과, 2011년에 '옛 기록을 통해 본 호남
명가 -홍주송씨 가의 학문과 의병활동'이란 주제로 광주향교에서
많은 유림과 종원들이 참석한 가운데 진지한 학술발표회를 갖게
되었습니다. 더불어 조선대학교 고전연구원의 안동교 박사가 송덕
봉이 직접 쓴 시와 산문, 송덕봉의 세계世系와 행적, 후인들의 평가
등 여러 문헌들에 실린 관련 자료를 한데 묶어 비로소 『덕봉집』을
편찬하고, 몇몇 전공자들이 이를 나누어 역주譯註하였습니다. 이렇게
해서 간행된 국역본 『덕봉집』은 앞으로 홍주송씨 일문一門을 조명하
거나 미암 유희춘을 연구하는 데 크게 기여하고, 나아가 조선조 여
성 문인의 삶과 학문을 탐색하는 데도 중요한 정보를 제공할 것입
니다.

　역사는 그 자체로도 의미가 있겠으나 바로 그 역사를 통해 오
늘과 내일을 좀 더 알차게 창조적으로 일구어 나가는 데 의미가
있을 것입니다. 훌륭한 선조는 노력한 후손이 만드는 것이라는 말
이 있듯이, 제 자신과 문중은 이를 계기로 선조들의 정신 현양과
공동체 사회의 번영을 위해 다시금 자신을 가다듬어 진력하고자
합니다. 끝으로 이 문집의 편찬과 번역에 참여해주신 관련 교수님

과 연구원, 편집자 등 많은 분들께 문중을 대표하여 다시 한 번
머리 숙여 감사의 말씀을 올립니다.

2012년 정월 대보름에
'홍주송씨 발전사업 추진위원회' 위원장 송영수宋英洙가 삼가 적다.

문희순

배재대학교 강사. 『역주 안동세고·연주록』(대전 대덕구, 2006), 『역주 청취당집』(서산 문화원, 2009), 「한글편지에 반영된 옛 대전의 생활문화」(『어문연구』 70, 2011), 「16세기 여성지식인 덕봉 송종개 문학의 특징과 의의」(『역사학연구』 44, 2011), 「남평 조씨 3년 9개월의 가정과 인간경영-병자일기 중심」(『한국언어문학』 75, 2010)

안동교

조선대학교 한국고전번역센터 선임연구원. 『국역 송촌집』(신조사, 2012), 『국역 덕곡집』(어린왕자, 2012), 『규남 하백원의 실학사상연구』(공저, 경인문화사, 2007), 「간찰에 나타난 학술적 교유의 양상들」(『고문서연구』 38, 2011), 「정개청의 학풍과 절의의 함의」(『유교사상연구』 40, 2010)

오석환

충남대학교 교육대학원 초빙교수. 《명심보감》(개미사, 2008), 《추구》(바로, 2008), 「農巖의 哀祭類 散文文學 硏究」(『한국 고문의 이론과 전개』, 태학사, 1998), 「제7차 교육과정 고등학교 한문교과서 한시 해석의 문제점」(『漢文古典硏究』 17, 2008), 「제7차 교육과정 고등학교 한문교과서 산문 지도의 문제점」(『漢字漢文敎育』20, 2008)

조선대학교 고전연구원 국역총서 **1**

국역 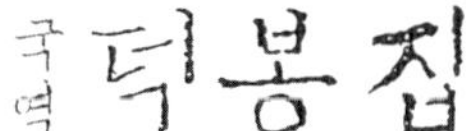 덕봉집

초판 2쇄 찍은 날 2012년 4월 18일
초판 2쇄 펴낸 날 2012년 4월 22일

편 찬 안동교
해 제 문희순
번 역 문희순·안동교·오석환
펴낸곳 조선대학교 고전연구원
만든곳 심미안
주 소 503-821 광주광역시 동구 학동 81-29번지 2층
전 화 062-651-6968
팩 스 062-651-9690
메 일 simmian21@hanmail.net
등 록 2003년 3월 13일 제05-01-0268호

값 15,000원
ISBN 978-89-6381-071-3 93150

德峰集

德峰集序

天地之生人也乾道成男而主動在外坤道成女而主靜居內
故先聖先王爲之教之也男則入學校而受教於外傳女則治
繭麻而姆教於家內此蓋因其陽動陰靜之義也故古者男能
致心於修齊治平之學業而文辭固亦自達矣女不能專意於
學問何暇攻夫詩文也哉然或於閨閤中奇才出有其詩文之
警絕可採者則聖人猶取之焉此所以衛婦人之柏舟詩見列
於國風魯穆姜之四德解見用於易乾者也我朝鮮朝女流文
人頗多矣惟才德兼備而拔乎其萃如宋德峰者鮮矣德峰即
眉巖柳先生之夫人也夫人以蘭玉之姿生長於洪州世家而
能文章及畋于眉巖也夫妻好合如鼓瑟琴雲雨之情勸戒之

意往往溢於詩文間其格調也平淡古雅或戀戀而不至於流
蕩或正正而脗符乎義理或切切而不失夫溫柔如喜新舍眉
巖升嘉善作次至樂吟磨天嶺上吟及答眉巖書斲石文等是
也若使後朱子復編繢小學則如磨天嶺詩恐當見採於夫婦
條矣竊念以若文章其詩文之可傳於後世以為士女之興感
者應必多矣而不盡傳焉久為文人之遺憾矣今者吾少友安
東敎方蒐輯其詩文若干而添之以附録名之曰德峰集訪我
于玉川之訓蒙齋而示之余甚喜其遺集今始將刊是可謂女
流文壇之鴻慶也今以弁文要余者其親庭後裔宋英洙而其
諸般費用亦自出之云
大韓光復六十六年辛卯仲春下浣光山金忠浩謹序

眉巖集抄

眉巖日記抄

諸家記述

詩五言絶句

和詩己巳九月二日

菊葉雖飛雪銀臺有煖房寒堂溫酒受多謝感充腸

附 母酒一盆送于家遺成仲眉巖

雪下風增冷思君坐冷房此醪雖品下亦足煖寒腸

端午與吳姊會新舍辛未五月五日

地曠青山遠簷高夏日涼南廊成鵲室應報子孫昌

重陽日族會或庚午辛未歲

今日重陽會眞嫌菊未開吾兒雖未職猶勝白衣來

醉裏吟或辛未臘月二日

天地雖云廣幽閨未見盡今朝因半醉四海闊無津

次男韻甲戌正月

莫言羊石壁有志忍酸寒苦盡甘須到春風與柳歡

附 戲贈羅袖 男察訪景濂以詩贈羅袖

孤羊攀石壁舐雪耐嚴寒骨露毛雖落春來意自歡

次重九小酌韻甲戌九月九日

昔日分南北那知有此時清秋佳節會千里若相期

附 次韻眉巖

紫極承　恩日黃花泛酒時一堂親五六同樂太平期

附 次韻景濂

鶴髮俱堂上斑衣舞此時吾家無限樂此外更何期

附 重九小酌 尹寬中

慶侍高堂上秋風日照時絃歌情興發斯會百年期

乙亥除夜

顋項燈前送勾芒夜半來滿堂新賀客皆是兩眉開

附 次成仲除夜韻眉巖

舊學凝冰久新知活水來四十年紬繹如今萬理開

與尹墿光龍小酌 四月八日

三冬宜凍沍春日又何寒如今佳節會和氣滿青山

即景 八月十二日夜

清風生雨後皓月露雲間促織雖鳴咽今霄幸得閑

詠東堂贈眉巖 仲冬念二日竪柱東堂

三十年前舍如今並轡還東堂新灑落君可舍簪閑

 次韻成仲詠東堂眉巖

四十年前夢如今驗始還新堂春色至同樂太平閒

贈宋震

此地先家廟經營百歲新華堂男女盛應悅祖上神

詩七言絕句

偶吟 在茂長衙中時作○或癸卯甲辰歲

一雙仙鶴喉清霄疑是姮娥弄玉簫萬里浮雲歸思地滿庭秋

月刷鶹毛

磨天嶺上吟 時眉巖在鍾城謫所夫人至磨天嶺而詠此詩○庚申

行行遂至磨天嶺東海無涯鏡面平萬里婦人何事到三從義

重一身輕

戲和眉巖韻 或乙丑丙寅歲

君詩誇詫無謙讓清淨那同湘水秋除却少年雲雨夢無心事

物果無傳

附 寄成仲 眉巖○在恩津日寄夫人詩

高如盧嶽三千仞清似瀟湘八九秋更有陽春生物意方成

君子德剛柔

夢中詩 戊辰

秋霜香菊十分黃春雨梨花不數光

附 感歎成小詩 眉巖

庚寅曾誦中丞貴執義還題大憲花尤喜細君曾有夢白梨

黄菊入詩歌

和答庚午四月二十六日

自比元公無物慾如何耿耿五更蘭玉堂金馬雖云樂不若秋
風任意還

喜新舍辛未五月十一日

天公爲送三山壽靈鵲來通百世榮萬頃良田非我願鴛鴦和
樂過平生

次眉巖韻辛未七月五日

莫誇和樂世無倫念我須看斲石文君子蕩然無執滯范君千
載麥舟云

眉巖升嘉善作辛未十月

黃金橫帶布衣極退臥茅齋養氣何爵祿可辭曾有約遊庭見

月待還家

贈眉巖壬申十一月十一日

雪中白酒猶難得何況黃封殿上來自酌一盃紅滿面與君相

賀太平廻

醉中偶吟甲戌三月十九日

平生三到洛陽城南北佳山舊樣青廿載天涯曾泣血那知今

日錦衣榮

附 次韻眉巖

喜君醉裏辦詩城崔岸驚看雲外青京洛風光雖最好不如

歸去饌前榮

次至樂吟

春風佳景古來觀月下彈琴亦一閒酒又忘憂情浩浩君何偏

癖簡編間

附 至樂吟示成仲眉巖〇四月初五日示夫人

園花爛熳不須觀絲竹鏗鏘也等閒好酒妍姿無興味眞腴

唯在簡編間

詠雪仲冬念一日

今年寒氣苦來遲三白何當迓臘霏昨夜洞雲籠六合曉來驚

見玉山圍

次雪夜韻

聖眷方隆何事退休官林下養精神黃金盈櫃非吾願新室清

溪亦一珍

附 雪夜 眉巖

談經九載德音頻啟沃從容久會神恩許歸田尋至樂新堂

萬卷是吾珍

詠雪聯句 仲冬二十七日

青山雪滿松塗粉 德峰 綠水風來蒲刺紋 眉巖

詩 眉巖贈詩

仲秋 丙寅仲秋晦

塞北風霜闊湖南日月長相從應未遠黃菊泛清觴

答成仲 辛未九月十九日

越女一笑三年留昌黎曾刺放心劉平生願入程朱戶肯

向東門錯轉頭

以大憲詣陵所寄成仲夫人字○乙亥四月

吾願光明鏡相隨不暫離一旬知會合夜夜尚相思

更思留住德峰下不爲遷居計示成仲

初如議婚鼠還似定名松陶翟無窮樂須尋安分中

定遷居于潭陽廣洞

遷岐曾夢丁年夏丁酉夏居潭陽都會夢見賦遷岐圖貫籍還徵乙卯

春乙卯春夫人夢見天公使貫潭陽戶籍苟避穎川完眷屬丁寧先訓

耳邊新

天癸吟

人嗟衰病我崢嶸天癸來時意自平鬢白尚多頭潤黑牙

殘却喜眼精明胸蔵萬卷脣無澁睡穩三更息屏聲更欲

修書三百冊擬將事業紹朱程

見成仲規畫大廳因成四韻丙子二月十五日

營度規模誰是奇夫人心匠似班垂南開書室新明朗北

接樓廒舊桷楣老叟倚窓長寄傲兒孫開卷效唔咿却思

先子遷居訓啓我雲仍百歲禧

書

答眉巖　眉巖以玉堂金馬從仕京洛獨處四閱月一切聲色不近作書以誇獨處之苦
至以難報之恩矜之夫人在潭陽本家以此謝之〇庚午六月十二日到

伏見書中自矜難報之恩仰謝無地但聞君子修行治心此聖
賢之明教豈爲兒女子而勉強耶若中心已定物欲難蔽則自
然無查滓何望其閨中兒女報恩乎三四月獨宿謂之高潔有
德色則必不澹然無心之人也恬靜潔白外絶華采內無私念
則何必通簡誇功然後知之哉傍有知己之友下有眷屬奴僕
之類十目所視公論自布不必勉強而通書也以此觀之疑有
外施仁義之弊急於人知之病也荊妻耿耿私察疑慮無窮妄

於君亦有不忘之功母忽焉公則數月獨宿每書筆端字字誇
功但六十將近若如是獨處於君保氣大有利也此非吾難報
之恩也雖然君居貴職都城萬人傾仰之時雖數月獨處此亦
人之所難也荊妻昔於慈堂之喪四無顧念之人君在萬里號
天慟悼而已至誠禮葬無愧於人傍人或云成墳祭禮雖親子
無以過三年喪畢又登萬里之路間關涉險孰不知之吾向君
如是至誠之事此之謂難忘之事也公為數月獨宿之功如我
數事相肩則孰輕孰重願公永絕雜念保氣延年此吾日夜顯
望者也然意伏惟恕察宋氏白

斲石文 立序○夫人宋公駿之女而請立石於宋公之墓○辛未七月五日到

眉巖謫居鍾山十有九年 嘉靖乙丑季冬蒙 上恩丙寅

春量移于恩津余亦陪還同寓十生九死之餘唯所望者立
碣石於先塋之側而石之品好者莫過於此縣之所產卽招
石工給價以貿載船以送置海南之海上　隆慶元年丁卯
冬眉巖以弘文校理掃墳還鄉始曳運于秋城而人力單弱
未得斲立辛未春適除此道監司庶幾得副宿願中心惘惘
監司長於除弊不顧私事而簡余曰必須私備而後成余忘
其拙而作此文冀家翁感悟而扶助又以貽夫後雲仍也
天地萬物之類惟人最貴者立聖賢明教化行三綱五倫之道
也然自千千萬萬古而來能勇而行之者蓋寡是故人苟有追
孝父母至誠之心而力不足以遂願者則仁人君子莫不惕然
留念而欲救之妄雖不敏豈不知綱領乎孝親之心追古人而

從之君今守二品之職追贈三代余亦從古禮而得參先靈九
族咸得其歡此必先世積善陰功之報也然吾獨耿耿不寐拊
心傷懷者昔我先君常語子等曰吾百歲之後須盡誠立石於
墓側之言洋洋在耳迨未得副吾親之願每念及此哀淚滿眶
此足以致仁人君子動心處也君抱仁人君子之心操救窘拯
溺之力而簡余曰私備於同腹而吾當以佐其外云此獨何心
得非惡累清德而然耶等差妻父母而然耶偶然不察而然耶
且家君自君東來之三日見琴瑟百年之句自以為得賢婿而
失喜欲狂君必記憶況君我之知音自比蚷蛩而偕老不過費
四五斛之米工可訖功而厭煩至此痛憤欲死經曰觀過知仁
聞者必不以此為過也公遵前修之明教雖至微之事盡善盡

美求合於中道今何固滯不通如於陵仲子耶昔范文正公以
麥舟救友人之窘大人之處事何如耶私備同腹之意有大不
可者焉或有寡婦僅能支保者或有窮不能自存者非但不能
收備必起怨悶之心禮云稱家之有無何足誅哉若私家可辦
之力則以余之誠心業已爲之久矣豈必苟請於君耶且君在
鍾山萬里之外聞吾親之歿惟食素而已三年之內一未祭奠
可謂報前日款接東床之意耶今若掃厭煩而勉救斷石之役
則九泉之下先人哀感欲結草而爲報矣我亦非薄施而厚望
於君也姑氏之喪盡心竭力葬以禮祭以禮余無愧於爲人婦
之道君其肯不念此意耶君若使我不遂此平生之願則我雖
死矣必不瞑目於地下也此皆至誠感發字字詳察幸甚幸甚

德峰集附錄

世系

始祖侍中公行蹟

公諱桂以勝國侍中當麗社將屋取義遯跡卽杜門洞七十二
賢之一也謹按觀德齋邊胤宗松江門人所撰不朝峴言志錄
有曰有明洪武二十五年壬申秋七月哉生魄乙未卽麗氏運
訖 本朝受命之際也忠臣烈士之徒皆守岡僕之義齊登松
都市東南峴不朝峴掛朝天之冠戴蔽陽之笠各言其志取其
義而成其仁宋桂曰國事已非吾屬復何爲哉與七十餘人相
訣歸洪陽而其言志詩曰忘生一世介子恨殺身千秋王蠋寬
諸賢各有隱處而侍中公自靖于洪陽故子姓仍貫焉

別侍衛公行蹟　德峰曾祖

公諱枰　世祖朝以蔭歷造紙署別提　世子別侍衛行翊衛

司翊衛退休于淳昌品谷終老于潭陽大谷

南平公行蹟　別侍衛公子

公諱麒孫字國瑞　成廟朝生員參奉以蔭行通訓大夫司憲

府監察出宰求禮南平遷侍御史殿中君學醇行篤有四子皆

顯世稱宋氏四龍

二樂堂公行蹟　南平公長胤

公諱駿字子雲號二樂堂　成廟八年丁酉生于大谷里第三

十一歲丁卯中生員以孝廉參奉蔭職別坐主簿通訓大夫司

憲府監察除丹城縣監莅官三朔投綏賦歸仍臥德雲山　山在大

墓碣陰記

公諱駿字子雲繼出洪州自祖先寓居潭陽公乃南平縣監

麒孫之子而大司憲李公仁亨之婿也蓰進士業年三十一

中丁卯生員年過五十筮仕十年歷別坐主簿司憲府監察

丹城縣監年七十三與配李氏相繼終于家男三人長廷老

次廷彥司馬次廷秀參奉長末只有女廷彥有男曰震婿長

邊守楨次柳希春　隆慶五年辛未爲全羅道觀察使善山柳希春修立表石等物而

爲之記

優遊堂公行蹟　南平公第二子

公諱驌字史雲稟質魁偉學問宏博　成廟朝中進士絕意仕

宦恬靜自守詩書自娛嘗曰以清儉遺子孫而子孫世守其所

以承先而裕後者無愧古人云而扁其堂曰優遊

清心軒公行蹟 南平公第三子

公諱駒字凌雲號清心軒姿稟卓絶學問夙就誠孝出天 成

廟朝中生員以學行參奉以蔭行通訓大夫司憲府監察轉至

刺史 先考南平公分財文記曰嘉靖元年壬午十二月十五日子和順縣監駒亦中別給事

汝亦常時孝心特異今官至刺史孝養尤于重大父子之間表情無由奴婢九口畓二十一斗

落永為別給云云○親筆尚傳 歷臨陂和順求禮金堤同福等郡十二宰

皆以清白遺愛蒞臨陂時值大荒救活萬命夢有無數浮黄之

民滿庭攢賀曰我等得免塡壑太守之賜圖報無地獻植三笏

於庭須臾茁然干霄其後生二男一女錫名以竹男曰庭笏庭

篁皆顯達女曰庭竹適崔承旨穎即未能齋尚重之母親也長

胤之名曰安道已生於占夢之前

眉巖集抄

公姓柳氏諱希春字仁仲善山府人也其先本出文化高麗中

有諱昌銀青光祿大夫尚書左僕射僕射生諱甫都僉議贊成

事食邑善州遂爲州人高祖諱文浩甘浦萬戶曾祖諱陽秀成

均進士　贈通禮院左通禮祖諱公濬生進俱中　贈承政院

左承旨考諱桂隣　贈吏曹參判皆以公貴貞夫人崔氏司諫

院司諫溥之女司諫以雄文直節致大名參判公受室而師事

之早棄擧子業潛耀不仕味書史自娛鄉里推爲長德焉公以

正德八年癸酉十二月初四日生於海南縣居第_{諡狀}

公字仁仲號眉巖成春之弟也博學強記嘉靖戊戌登科乙巳

爲正言是時尹元衡謀害尹任遣其妾入內怕　文定請下密

旨大司憲閔齊仁大司諫金光準執義宋希奎司諫朴光佑掌

令鄭希登李彥忱持平金磏閔起文獻納白仁傑正言金鸞祥

及公會于中學長官發言曰今之二三大臣爲　慈殿所疑有

密旨若不先發其端深恐貽禍國家坐中皆奮然曰此乃奸人

搆禍之事決不忍爲也金磏曰忠賢魚肉其基於此又踵袞貞

所爲乎宋希奎曰我則雖寸劉吾骨碎之有不從也公言之尤

痛切朴光佑鄭希登白仁傑金鸞祥聲色俱厲李彥忱閔起文

惟仰天太息齊仁等懇乞終日竟不從而散邪黨嗾知中樞鄭

順朋兵判李芑戶判林百齡工判許磁夜會光化門上變告

兩殿御忠順堂議尹任等三人罪公與執義以下引嫌而退白

公獨留抗啓　文定大怒下仁傑獄命盡罷希奎等職及鄭彥

愬告驛壁謗書因加罪乙巳諸人公編管濟州初林百齡於公

崔夫人再從弟而與公同居海南縣先一會數日百齡簡招公

屛人言密旨曰順之則芬華逆之則齏粉君獨不爲老親計乎

公勃然變色不交一辭而退百齡大恨之公之寓舍與金光凖

之居相比光凖密語曰宮中驚疑爲臺諫者不可不奉承其意

公盛氣責之是後羣憾合勢必欲置公死地以濟州去家鄉不

遠移配鍾城公安之若命覃思著述口誦手抄夜以繼日聞公

之風願學者衆乙丑歲因公論稍雪乙巳被罪人量移恩津

宣祖初年蒙恩放還　　宣祖潛邸時學於公故每　教曰予之

進學資於希春者爲多以資憲除副提學無舊例　上曰希春

可合雖無舊例除之及卒特　贈贊成亦非例也公舉書史輒

成誦性且溫和　上甚重之雖退居家　上眷不衰 名臣錄

公配宋氏洪州著姓司憲府監察駿之女封貞敬夫人資性明

敏涉獵書史有女士風喪公之後執喪踰禮越明年正月以毀

卒其葬附於公之墓左凡生一男一女男名景濂景陽道察訪

女適宣傳官尹寬中生一女進士白振南其壻也察訪娶河西

金麟厚之女生二男一女長曰光先次曰光延側室有一男曰

光前女與光延皆無後光先娶直提學金駿孫之孫司果鏻之

女生二男一女長益源時爲鎮安縣監次益清業儒女適士人

金劫 諡狀

眉巖日記抄

朝細君同議今月到海南卽築室于西門外俟畢修粧七月必

可歸海南而居云丁卯十二月一日

朝與細君象戲午點心後告神主而啓行戊辰正月十一日

朝參判與我象戲余修簡于細君正月十二日

潭陽一門奴露積持細君簡來内紬二疋急買送云云三月四日

修了細君書付潭陽末致夫之行三月八日

昌平人持潭陽送米五斗來細君簡亦來三月十五日

潭陽金蘭玉上來見細君諺書行廊十三間已竪起又造横附

三間但恨無蓋瓦將燔瓦云四月三日

細君備送木綿甲方衣甲捧地單天益來細君外勞於成造内

勞於裁衣 其苦甚矣四月二十二日

見潭陽細君書及苧麻衣凡五件來 五月十九日

妾裁送苧裌襪一部苧帖裏一事來乃潭陽細君送衣資于妾

而令妾裁送于此也 六月十三日

潭陽鄉吏全億命持細君書來監司給稻廿石宋參判通于長

興趙君希文得輸至綾城綾城宰蘇邂逅又輸至潭家宋公又惠

白米十斗一家稍蘇云 六月二十八日

宋海容自湖南昨日入來傳送家書一家無恙細君以八月二

十五日發來黑團領苧短裳來短裳卽張裳也 七月十八日

弘文館丘從迎內行者自振威先來細君書云在湖南等處日

煖衣輕故二人同輿亦能今則日寒衣厚不能同轎女子騎馬

而困須送轎子于中路今日借轎于崔子省處 九月八日

細君率女發潭陽也女子羸弱不能騎馬人或勸女子亦乘轎

細君以非家翁之命辭不敢行至全州盧府尹禎爲出一轎令

女子亦乘細君力辭以爲非家翁之意府尹三請而竟不听盧

公嘆伏曝曬別監鄭彦信亦丞稱於洛中云 九月二十九日

鍾城吏黃元瑞辭歸余及細君以送金尚義母氏南世蕃妻氏

及月代處封送爲記焉 十月十三日

設忌日祭于丈岳兩主之位以今日乃外姑之忌晨因俗習并

祭丈人從細君之家法也 十月十四日

女子爲夫人欲請巫女夫人不許曰咽喉明病豈關於巫祀斷

不可請其明斷如此 己巳六月二十三日

余見故舊之得志無信者歎其信義之不足夫人曰寧人負我

無我負人我輩不當如是 八月十二日

夫人和詩來 九月二日

朝夫人書來乃李希璋乞書狀于加德僉使事也余即成送并

送筆墨 九月九日

孽女海成昨來今夕去夫人遣婢護送撫愛諸庶無異於上谷

夫人 九月十七日

搜得夫人仲冬望日所出書則氣候比在京時差康寧又宋君

直夫妻頗悔前日妄怒宋震受厥母移買之田畓今則與我家

和睦云 十二月十二日

潭陽竹筍進上人奉家書來夫人和余詩○夫人書云今月子

婦金氏歸長城以其母氏孤居而招之也 庚午四月二十六日

夫人作長書令光雯寫送 六月十二日

夫人書云光雯之婚娶吾家辦給之物鞍子笠子黑靴紅直領

紫地厚天益羅厚裏肚紬厚捧持紬汗衫婚書京買來赤古里

段子一匹錘綿紬間紗一匹上馬裳一靴精一此其大者也 十

二月三十日

吳姊及余昔年嘗呼夫人為辛宅今以辛未年來入新宅豈非

語讖耶○夢中恍見辛宅呼無意瓊枝夢有緣行年五十九不

樂復胡然詩一篇覺而次韻呼辛豈無驗夢篦定有緣晚來雙

羔處先生一莞然 辛未二月二日

午潭陽伴人崔倫會家僮持夫人私通遍歷昌平等六官而來

夫人書亦來 二月三日

四十

去夜與夫人語余小錯夫人不悅尋解以余謝過故也〇夫人

及女子言余容色憔悴當愛護精氣以調保之此眞藥石之言

二月八日

夫人以印斗婦鞋送于光雯妻高氏亦姑育婦之義也〇余與

夫人議明春歸潭陽因卜居水國里乃昌平之好山水處也昌

平縣號鳴陽云 二月九日

余食後與夫人相別夫人勉以窒慾保氣余許之 二月十九日

宋震持所寫貞夫人詩三十八首于貼冊來〇海南夫人書及

婢雪梅來妾簡亦來廿七日迎金宗麗 三月三十日

夫人書來頃者虎攬主人家僮於門外而去可驚可驚 四月一日

海南人來貞夫人書云景濂之來得見貞夫人牒圖書宋震所

寫夫人詩深以爲喜尤以詩傳不朽爲悲喜云 四月十一日

貞夫人作喜新舍詩 五月十一日

夫人書來端午與吳姊光雯及惟秀彥祥遊于新舍賦小詩五
月十三日

海南人持路費者奉家書來夫人書極陳潭陽石物不可緩忽
之理 七月五日

追憶夫人甲辰年吾許軒之句 八月十日

朝見海南夫人書簡 八月十八日

成天授遠至海南而來夫人書來報兵使優濟米太諸物云以
笠帽給之 九月二日

夫人書來云初三日夢見君上最高樹余仰望云 九月十三日

夫人簡云越女一笑三年留君之辭歸豈易乎余答以詩 九月

十九日

海南新舍尚有小修粧處夫人書云俟君下來一時齊入云九

月二十二日

夫人書來曾覓清蜜於君直家已造豨薟丸云十月五日

夫人去歲夢見詩二句云秋霜香菊十分黃春雨梨花不數光

至是始驗十月十五日

夫人簡云內綿紬三四四舟木二斤紅花數斗急速買送云云十月二十一日

又以今月二十六日移入新宅明春上洛云云十二月二日

夫人書有獨在之嘆余責而解之

夫人夢見萱堂蓋太夫人晚年感此婦之孝誠曾通簡于北荒

又語于閔喜男妻氏○夫人送沙器箆箕菹醢于金宗麗妾海

福處鹽亦送之壬申九月十七日

夫人怒婢而撻之　九月二十日

與夫人相賀同享太平之樂和氣懽然琴瑟之調晚年尤甚十月二十日

雞鳴夫人以觀光早起裝束罷漏前乘屋轎詣中樞之外廊乃

大門之南有溫突有樓豫遣景濂煖炕以待之○夫人夕歸來

其言今午得觀綵棚輪棚諸戲及百官侍衛乘輿龍亭之盛恍

然如到仙境言不能形平生奇觀莫之能及云　十月二十八日

與夫人共喫宮中好梨味快無滯可謂極品酒亦分外好相慶

不已夫人作詩贈余　十一月十一日

夫人昨夕言昔在己酉正月感夢主上遣使賜几杖于希春其

杖頭刻鳩形夫人受其杖而玩看人咸歎異感夢明日往告于

丈嶽丈嶽曰此乃一品受人主優寵之盛舉然汝良人方在罪

籍愼勿與人說此夢云云○夫人裁紫段衣亦平生初見事也

十二月二十三日

送甘苔于徐僉知偉之夫人吾夫人送海衣甘苔柑子蕎米等

物于故金參議鸞祥夫人處皆恤故舊之喪也○夫人釀歲酒

味好此新歲之吉兆也今月初四日生辰酒亦味好十二月二十六日

夫人以昨晨未明而起治祭物觸冷腹痛今夕尚未快差以此

無除夜之娛十二月二十九日

夫人去夜夢見己身飛上空中忽自思曰飛騰太高則終不免

墜落乃中止於樹木之上斯乃余爵位升遷而不爲窮高而蹈

危機却能知止不殆之象也深契於心 癸酉正月八日

夫人見余鼻下髭新生者皆黑以爲服豨薟之效光霙視之亦

然此豈非天地間奇藥正月九日

以景濂明日歸陵所因向湖南之故夫人多修族親書正月二十

二日

夫人自言因北來卜馬變化成置米穀斂散之事正月二十三日

夫人請教竹梅歌唱余聞而笑之仍許之正月二十七日

夫人語以君年踰六十氣力已衰大忌不必齋素三日只當據

禮行二日余然之二月八日

朝龜城府使辛繼元妾以夫人族親送紫衣夫人却之余亦頃

日林僉知溍欲遺繩床余辭之二月十七日

夫人言辛未年七月在海南時窮空不能支持因尹寬中所通

賴尹牧使大救至惠稻十六有石得以待秋云五月十六日

罷漏而起梳洗掃堂質明率光雯而祭祭物精潔豐備夫人內
助之力也六月六日
申鳳訃音來夫人為之素食一日六月二十九
朝夫人送厚足巾來念日寒而吾足冷也九月二日
夫人諺書來夢見乘船涉大川乃升遷之兆九月三日
雞鳴而起梳洗冠帶以淨筆淨水敬書曾祖以下三世六位紙
榜及祝文未明行祭祭精潔豐備夫人措辦之力也質明祭畢
是祭始飲福九月十日
搜冊於西櫺賴夫人之勤覓得呂東萊一冊晦菴集一冊即還
送于玉堂及尹同知根壽處九月二十八日
夫人書來云夜夢見白日當天大吉之兆十一月七日

夫人自庚申年赴鍾城受風膝理冷汗如流自辛未年七月始
服豨薟丸服之二年風汗稍減至第三年今秋快差自丁卯年
針灸臍下而不灸臍上之後脾胃痞滿不思飲食尤不能啜羹
自今年九月望日始服平胃元經二十日漸覺脾胃平而思食
此二病皆瘳於今年何慶如之十一月十八日
夫人見忠州己酉之獄良人武科漢城參軍冤死者之妻不勝
憫惻以衣及褌童靴糧太給之女子亦給足巾等物十一月二十四
日
女子及海福以今日乃夫人生辰共辦壽杯於吾兩人女子尹
郎海福迭爲獻壽果床則簡略矣十二月二十日

造白粥一盆送于金參判啟喪次夫人及幹事皆啜之 甲戌正月八
日

妻言聞諸姑夫人言甲戌年春闔家病疫唯希春生數月獨免

今年乃自正德甲戌循環六十一年也余曰正德甲戌二三月

一家之病希春自少聞知矣先夫人夢見天使給衣于希春已

而果免今適數周豈非前定 二月九日

夫人以海成治任歸鄉物事窘之以五升木二匹給之仁愛之

至也 二月二十六日

夫人醉中吟詩余次韻 三月十九日

夫人為朴伯凝母氏變食三日追感昔年之知愛也 四月二日

夜夫人力爭賓鴻余欲以著決之 四月四日

日暮夫人還自新門外金參議夫人宅是日參議繼後子虎變

辦夫人生辰獻壽而請吾夫人相會吾夫人挈恩遇而往京坼

監司朴公素立夫人亦至相與談飲而歡又座中咸伏吾夫人

之容貌言辭恩遇之顏色舉止云 四月二十五日

夫人遣婢玉枝謝金參議朴監司兩夫人深感朴夫人

孫氏引入于內親執盃以勸酒玉枝感飲醉來蓋朴夫人一見

吾夫人不勝愛悅深願更見敬慕其主以及乎使也 四月二十七日

頃日校正尚書若作酒醴爾惟麴蘗傳曰酒麴多則苦蘗多則

甘館中未詳藥之爲物昨日余以問夫人答曰藥乃大小麥浸

水裹藁石置之熱處自然生芽取以曝乾或火乾擣爲末入酒

則甘暫和麴末爲佳余當以此曉同僚 五月一日

以夫人之整理書冊觀橫題而拔出欲閱之書深喜深喜 五月二

夫人爲寬中造鞍鞍甚好 五月二十四日

昨夕夫人以余今年南乃五鬼之方不可歸言之甚懇余以爲

今年离是五鬼之方而自京歸海南則仲方無害然當以筮決

而可招金敏占之 六月四日

父母之待女子寵之至矣女子性行悖戾昨日發怒於婢辱及

於母夫人及被余罵又發自溢之言夫人以如此暴悖之女不

可同居余大罵以折之 六月二十九日

夫人救軍籍曖昧之邊澗甚懇以兄之一男故也 八月二十六日

夫人以重陽佳節設小酌令竹梅悊德爲奚琴景濂寬中邊澗

以次起舞吾夫婦懽甚恩遇母子亦欣然寬中倡爲小詩 九月九日

屏風匠來役夫人所招也夫人搜休紙得吳姉家基奴婢相換

文記甚喜○夫人朝因李應福新增類合學寫字有可教之資

九月十二日

今年夏給米二斗于畫工尹仁傑令畫八疊屏風夫人自去月

命招塗配匠孝道金付機修造至今日乃畢完緻可觀此後祭

先之時無復假貸於人皆夫人成物之智非吾思慮之所及也

九月十五日

新及第李延福鄭詳來謁於余在玉堂之時夫人以酒及木綿

半疋贈延福以酒及米太贈鄭 九月二十五日

余與夫人象戲二板而止以修書無暇故也 乙亥十一月六日

昨夕宋濟民持壺果來訪余與夫人受飮乃厥母氏所送也○

夫人因光雯聞白公仁傑對奕先修宮卽效而爲之余去車著
之而不勝乃只去包十二月二十七日

夫人以我欲貼黃狗於外腎冷處採用光雯淡德之說作一擧
布以配之俾余著之甚好甚好十二月二十八日

希春述先戒作詩一句云夫人謂余曰詩之法不宜直說若行
文然只當起登山渡海而說仕宦於其終可也余卽瞿然從之
遂作詩丙子十一月十一日

諸家記述

柳眉巖希春乙巳之禍坐謫鍾城者十九年窮居喫苦讀破萬
卷著續蒙求以惠學者吉州以北從學者甚衆北方之人至今
稱之爲柳正言蓋以正言來謫故也其夫人亦能文章獨行萬
里從眉巖于鍾城過磨天嶺題詩曰行行遂至磨天嶺東海無

涯鏡面平萬里夫人何事到三從義重一身輕可謂得性情之

正矣 出涪溪記聞

眉巖坐乙巳之禍以正言謫鍾城夫人獨行萬里從眉巖於鍾

城過磨天嶺題詩曰行行遂至磨天嶺東海無涯鏡面平萬里

婦人何事到三從義重一身輕可謂得性情之正矣 出東國詩話彙

成

眉巖希春坐乙巳之禍謫鍾城夫人獨行萬里從眉巖於鍾城

過磨天嶺題詩曰行行遂至磨天嶺東海無涯鏡面平萬里婦

人何事到三從義重一身輕可謂得性情之正矣 出東國詩話

柳眉巖希春宣廟初政勵精圖治公謫鍾城十九年其夫人能

文章獨行萬里從眉巖至磨天嶺題詩曰行行遂至磨天嶺東

海無涯鏡面平萬里夫人何事到三從義重一身輕一世傳誦

眉巖柳希春乙巳配鍾城盧蘇齋寄詩曰海南八十偏親在塞
北三千獨子行縱有丹青不能盡賴教吾說此間情居鍾城十
九年夫人能文章獨行從之詩曰行行遂至磨天嶺東海無涯
鏡面平萬里婦人何事到三從義重一身輕　出詩話抄成

柳眉巖希春乙巳之禍坐謫鍾城者十餘年窮居喫苦讀破萬
卷著續蒙求以惠學者其夫人亦能文章獨行萬里從眉巖于
鍾城路過磨天嶺詩曰行行遂至磨天嶺東海無涯鏡面平萬
里夫人何事到三從義重一身輕　出東詩叢話

杜詩所以爲詩之至者不但以辭致之雄麗也其情性氣象發
於倫理忠愛惻怛溢於言外非漢魏以來詞人所及如哀王孫

贈四兄三吏三別傷春有感憶昔篇等使人諷誦感慨不歇與
詩之東山破斧常棣蓼莪等並絕今古有補名教大矣其他短
章隻句可以興觀群怨者不可殫舉後之爲詩者只緣無此箇
胸懷不能感發人雖連篇累牘璀璨如雲錦何益於事我朝柳
眉岩夫人隨謫鍾城云行行遂至磨天嶺東海無涯鏡面平萬
里婦人何事到三從義重一身輕金清陰丙子後詩云南阡北
陌夜三更望月西風獨自行天地無情人盡睡百年懷抱爲誰
傾任踈庵反正後直宿云戮盡羣凶正大倫周邦雖舊命維新
一千再覩黃河澈四七重逢白水眞賈傅召還宣室夜蘇卿歸
謁茂陵春齋房忽罷依俙夢蜀魄聲中泣老臣此數詩可以見
性情之正能感動人心而辭語亦警絕　出巖棲集雜識

딕
봉
집
원문